KB265952

메신저 백

박상수 시집

문학동네시인선 248 박상수

메신저 백

시인의 말

우리가 자주 갔던
서촌의 이층 카페, 곧 없어질 거래

좋아했던 곳은
전부 없어지는구나
좋아했던 사람도,
마지막까지 버티었던 우리도

괜찮아
아직 내가 남아 있으니까
오늘은 내가 너에게 건네줄 말이 있어.

2026년 3월
박상수

차례

1부

깊이 없는 세계의 빈티지 과일 머신

창백한 푸른 점*

큰 건물 일층 의자에 앉아 있다 팔각 귀기둥 앞에서 제이
와 나는 아이스크림을 먹는다 방학이라서 학교에는 아무도
없다 햇볕이 너무 뜨거워서 아이스크림은 곧 녹아버릴 것
같고, 괜히 불러냈지? 제이는 고개를 가로저으며 웃는다
어디서 라디오 소리가 들린다 이 큰 건물에서 라디오를 듣
는 사람이 있나봐, 나의 말에 그게 이상한가? 제이는 사방
을 둘러보며 웃는다 현관문 바깥으로 나무들은 짙어져가고,
운동장을 지나 교문 바깥까지 시리도록 파란 하늘, 세상은
온통 선명하게 제자리에 있다 나는 모든 것을 상징으로 보
려는 생각을 지우려 한다 더이상 속지 않을 것이라고 생각
하며 아이스크림을 먹는다 나도 모르게 속엣말이 흘러나오
고, 제이는 입을 조금 오므렸다가 묻는다 방금 전에 네 말이
야? 움찔 놀라자 그런 작은 것들이 모여서 다 네가 되는 거
야, 제이는 슬프게 말한다 아니야, 내가 잘못했어, 나는 제
이를 바라보며 제이를 실망시켰을까봐 걱정한다 내일은 오
늘보다 더 더워질 거라고 말하는 라디오 DJ의 목소리가 텅
빈 건물 로비에 들려온다 이어지는 노래는 실망하고 무너지
고 다시 반복하고, 실망하고 무너지고 다시 반복하는……
방학이 끝나더라도 우리 계속 만나자, 내가 말하고 제이는
말없이 웃기만 한다 제이와 나는 운동 가방을 메고 햇살이
쏟아지는 언덕을 올라간 적이 있다 병에 든 매실주스를 나
눠 먹으며 찬 손으로 서로의 볼을 식혀주었지 그때의 추위
가 사라지지 않는다 너무 무서워하지 말아, 제이가 나의 손

을 잡으며 말한다.

* 칼 세이건의 책 제목.

서촌 일요 독서회

우린 동그랗게 모여 앉아 차를 마셨지 어디로 가는지 모를 하루를 쪼개 무엇이든 한 장씩 읽어나가자 그렇게 모아서 만든 구슬들을 쿠션 보자기에 담아와 동그란 탁자 위에 풀어놓아보자

곡물 창고는 오래전에 텅 비었고, 바다 라벤더의 향기와 출렁임은 우리가 사는 곳까지 닿지 않았지만 괜찮아, 그래도 각자의 애착 소파를 기어코 만들어서 시간을 우리 곁으로 데려왔지, 혼잣말로 끝낼 수 없는 글자들로 구슬 안을 채워서 밀봉하여 교환하는 거야, 구슬이 가득 모이면 녹이고 용접해서 커다란 텍스트 마블링 유리창을 만들자, 하지만 오늘은 우리의 마지막날, 워터멜론향 각성 캔디를 나눠 먹으면서 펼쳐지는 마지막 윤독회

봐봐, 이 구절을 나는 이렇게 읽었어
그렇구나 나에게는 그곳과 그다음 부분이 못내 아름다웠어
아니 어떻게 그럴 수가 있지? 나는 말야, 그래서 말이야……

말과 말이 어긋나게 끝나서, 측량할 수 없는 한숨이 배어나올까봐 마침표를 쉼표로 이어가는 우리, 책 속 주인공은 가족을 잃고 연인을 잃고 골짜기로 들어가 혼자 살다가 기

억마저 잃고 행복하게 죽어가, 텅 빈 마음이 어디서 오는지
모르는 채로, 아파하고 기뻐하면서 목도리를 두른 채로 골
짜기를 물들이는 마지막 겨울을 지켜보고 있어

　이름들이여, 심장들이여, 여기 우리의 시간들을 기억해주
길, 밤의 나무들과 함께 눈과 입술에 깃든 여운으로 오래 우
릴 기억하여주길

　맨 처음 우리를 이곳까지 불렀던 간판들을 떠올리며, 이
곳에서라면 어쩐지 행성들의 축복 속에서 우리만의 자전주
기를 찾아낼 수 있을 것만 같았지, 우연이 깃든 이층 카페
에서 처음으로 모여 앉아 이제 우리도 당당하고 각진 수목
들이 되는 거야, 크고 깊은 형상으로 서로를 지탱해줄 수 있
는, 그런 말을 나누며 손을 모았던 우리

　이제 나는 창문 없는 방의 책상으로, 또 너는 한 사람이 영
원히 사라진 집으로, 그리고 너는 병원의 침대로 돌아가야
하겠지만, 그날, 우리가 처음 모였던 날, 어깨를 겹치며 기
쁨으로 들떠올랐을 때, 생협 골목에서 고양이가 다른 고양
이와 장난치며 뒹구는 장면을 발견하고 서로에게 수신호를
보내며 웃었던 그때,

착한 사람

베란다에 모기향을 피우고 스프라이트를 마셔요 풀장 위로 떨어지는 빗소리, 소리들, 네, 좋아요, 뭐든지, 고개를 돌리면 나는 오랫동안 이렇게 살아왔구나 어제의 내가 고개를 숙이고 몸을 동그랗게 말고 있었죠 힘주어 안으려고 하지 말고, 그냥 보내주렴, 여름 저녁의 향신료 냄새, 길은 잃는 것이라지만 돌아오고 싶을 때 돌아오는 방법까지 잊었다면 그땐 어떻게 하죠? 답을 기다려보지만 여기에 그런 건 없어요, 가끔 먼 바람이 송아지 헛간 냄새를 묻혀오고 목소리가 목소리를 지우는 투명한 병 속에 난 들어 있을 뿐, 일어서려다 주저앉고, 미끄러진 채 계속 고개를 들지 못하고, 서로 다른 얼굴색의 사람들이 맥주를 마시며 기다릴 텐데, 무르익는 밤, 탄성과 웃음소리가 새어나오는 밤, 칠이 벗어진 보안등과 선베드와 조개껍데기만한 나방들이 이 깊이 없는 세계를 채우고 있죠 나는 말이에요 실감이 없어요 유리병 속 세계에서 이만큼의 미래를 내다볼 뿐이죠 그러다가 네, 좋아요, 뭐든지, 취한 듯 말하면 누가 등을 토닥여줄 것 같았어요 빈티지 과일 머신에서 열대열매즙을 가득 따라서 내게도 나누어줄 줄 알았어요, 내 마음처럼 당신 마음이, 내 마음처럼 유리병 속 세계가 어쩌면 흔들릴 수도 있다고 믿었어요 고마워요 하지만 나는 여기 있죠 말린 식물들을 유리 액자로 걸어둔 방, 슬리퍼를 신고 하루종일 살아도 아무 걱정이 없는 곳, 그래요 내 걱정은 안 해도 될 거예요 모든 게 내 탓이라고 믿으면 되니까 그러면 뭐가 달라지지? 짓이

겨진 달팽이와 코코넛 껍질이 녹아 점점 투명해지고 있구
나 회전하는 시간 속에서, 회전하는 시간 속에서, 그렇게 쓰
면 세계는 회전하고 있는 거예요 그렇게 믿으면 어떤 감정
은 점점 투명해지는 거예요 혹은 릴라와디, 릴라와디, 스프
라이트에 취해 빙글빙글, 저는 무해하고 아주 달아요, 그렇
게 중얼거려보죠 마침내 나는 아주 착한 사람이에요 어쩌다
이렇게 되었을까?

백색소음

내가 그랬어 말도 없이 소리만 질렀어 목소리가 나오지 않았어 내 귀에도 들리지 않는 소리들은 어디로 갈 수 있지? 백색소음, 실핏줄이 터지고 손톱이 살갗을 파고들고, 대리석 바닥으로 팽개쳐져 온몸이 먹먹했어 흐릿한 사람들의 얼굴이 같이 찢어지고, 건물 로비가 무너지고 어떻게 이럴 수가 있어 백색소음, 어떻게 이럴 수가 있어 그냥 다 소음인 거지, 난 슬픈 게 아니야 난 그냥 슬픈 사람이 절대 아니야, 외치고 있었는데 아무 소리도 들리지 않아, 나만 들을 수 없는 소리일까 손끝과 발끝이 터져서 자꾸만 흘러내리고, 이런데도, 이렇게 하는데도, 얼굴 없는 백 명의 사람들이 손을 뻗어 내 머리칼을 잡아당기고, 아냐, 너무 아파, 아무리 외쳐도 멈추지 않고, 회전문이 넘어지고 누군가 달려오고, 천창의 햇빛이 살갗을 파고들어 타버리도록, 모든 게 뒤집혀버리도록, 더 해봐, 그렇게 더 해봐, 계속해서 소리만 질렀어 백색소음, 그것만은 멈출 수가 없었어 그렇게라도 나는 거기 있었어, 누가 나를 껴안고, 가죽 붕대처럼 나를 몇 번이고 껴안고, 감싸고, 붙들고, 파괴하고, 다시 붙들리고 또 찢어버리고, 그러지 마 제발 너를 그렇게 대하지 마 나는 고개를 흔들면서 무너져, 난 그냥 아픈 사람이 절대 아니야, 말하지 못하는 사람이 절대 아니야, 내 옷을 모두 찢으면서 무너져, 괜찮아 내가 너를 붙잡고 있으니까 괜찮아, 우리 지난가을엔 숲속 시장에 다녀왔지 우리 둘이, 버드나무 바구니에 홍차와 무릎 담요, 그래 홍차와 무릎 담요를 넣고 작은 섬 근처까지 걸어갔지 홍차를 나눠 마시면서 호숫가 의자에 앉아 있었지 아무것도 안 하고 함께 담요를 덮은 채로 날이 저무는 걸 보면서, 그냥 그대로 있었지 그랬지, 그때도 네가 같이 있었지? 그랬지 그때도 내가 같이 있었지 그랬어, 너였구나, 나무들이 움직이는 소리, 나무들의 그림자가 물빛과 함께 흔들리는 소리, 네가 내 팔뚝을 쓸어내리고, 몇 번이고, 몇 번이고 계속 쓸어내리고, 괜찮아, 내가 너를 다 들었잖아, 네 목소리를 이렇게 듣고 있잖아, 백색소음, 어떻게 그게 들려? 나는 다 들려 네가 나를 더 꽉 껴안으면서 쓰다듬어주고, 나는 천창이 빛을 수백 개로 부수는 건물 꼭대기를 올려다봐, 몸을 떨면서, 난 슬픈 게 아니야 그냥 아프기만 한 사람이 절대 아니야, 알아, 알지, 다 알아, 드드드드 꽉 깨문 이빨을 끝까지 풀지 못하면서, 너의 숨소리, 나에게 전해주는 너의 심장과 숨소리, 그 속에서 밤이 찾아오고, 지금 우리는 작은 섬, 고개를 돌리면 찢어진 사람들 속 저기 반짝이는 호수가 끝없이 펼쳐져 있고 귓가에는 물결이 뭍에 닿았다가 멀어지는 소리 멀어지는 소리.

코티지

펠리시티 장미가 이어진 담장 길을 따라왔어 고양이의 살랑이는 꼬리를 따라 첨탑의 종소리가 아직 남은 빛의 산란을 좀더 밀어내는 경계의 끝 쪽으로, 살아 있다는 믿음, 나는 잘 있다는 흔적 같은 건 어디에도 남기지 않으려고 애쓰며 걸었어, 오직 내 숨소리를 지우면서 모퉁이를 돌면, 벽돌 길의 끝에서 펼쳐지는, 여기, 연못과 캔버스 천 의자가 있구나, 물이 수초에 닿았다가 흔들리는 소리, 찌르르 풀벌레 소리를 들을 수도 있는 정적, 살아 숨쉬는 모든 것의 완벽한 이 정적, 이런 곳에도 우기가 있을까 몇 날 며칠 비가 내려서 강이 넘치고 채소밭이 잠겨서 살던 집을 전부 버려야 할 날이 올까, 그런 일은 한 번도 없었던 것처럼 펠리시티 장미랑 금사슬나무 향기만 정신을 잃도록 아득하게 가득한 것 같은데, 내 품에서는 태어날 수도 없을 것 같은 장미풍뎅이가 공기의 얇은 막을 들어올리며 날아올라, 녹색 보석이 터져 하늘과 공기의 색깔이 바뀌고, 나는 눈을 감고 취한 것처럼 지금을 잊고, 생각을 잊고, 내가 나였던 것을 잊고, 어두워지면 신발을 벗고 양말도 벗어버리고 벽돌 길을 더 걸어가겠지 화단의 스프링클러에 발을 씻고 돌계단 다섯 개 정도를 내려가 옷을 갈아입고 익숙한 듯 축음기로 음악을 틀어놓겠지, 넘실거리던 올드 팝이 내 무릎 가까이 차오르면 윤기를 잘 내어둔 주물 팬 하나에 생선을 올리고, 익힌 채소를 곁들여 홀로 저녁을 먹고, 그러다보면 팔꿈치의 안쪽까지 한 번도 맞이해본 적 없는 새로운 밤이 도착해 있겠지, 길도 모르면서 더 걷기로 하자 버릴 것이 생겼어 돌아가는 길의 표지석 같은 건 다시 볼 일이 없으니까, 손에 들었던 양산을 버리고, 자신만 소중했던 한 사람도 마침내 버리고, 그 사람과 어울리기 위해 그 사람만 비춰주는 거울 같았던 나도 버리고, 저물기 직전의 금사슬나무 아래로 흘러내리는 온기는 가득 내 것으로 믿으면서, 지금부터는 얕은 천둥과 번개, 뒤섞임, 곧 비가 올 것처럼 습도가 높아지고 강이 범람할 때마다 차곡차곡 쌓여온 백악질 흙들의 오래된 냄새도 맡을 수 있겠지, 땅속의 몇 마리 지렁이처럼, 나는 이곳에 잠시 머물렀다 가는 사람, 간섭 없이 햇볕을 쬐고 놀다가 그늘 아래에서 첫 수확한 자두의 즙으로 몸을 떨어보기도 하는 사람, 저절로 옷이 마르기를 기다렸다가 계단을 올라 좁은 다락방 침대에서 색연필로 과실수를 그리고, 스케치 노트 위로는 온통 가득한 하늘과 구름을 그려넣는 어린 시절이 있었던 것만 같고, 그렇구나, 나는 내내 이 세계에서 보호받았구나, 큰붉은잠자리가 낮 동안 피곤했던 날개를 가만히 접고, 그렇게 생각하자 기억들은 버릴 수 있는 것이 되었어, 새벽에도 자주 깨어 고요히 모기향의 냄새를 맡는 사람, 마지막 남은 먼 불빛들, 휴면중인 식물 구근들이 잠들어 있는 창고의 아늑함도 떠올려보고, 여전히 되돌아갈 생각이 없고, 생각이 없자 아무것도 기다리지 않고, 무얼 기다리는지도 모르게 되자 내가 기다리고 있었다는 것조차 잊어버리면서.

무호흡

  언제나 조금 부족한 공기, 호흡이 머문 곳마다 습기가 퍼지고 모래가 떨어지고, 누가 산호 조각들을 모으고 있구나 기억하는 가장 작은 등으로, 가장 소소한 무릎으로, 이상하지 녹아버린 창문 안쪽에선 불탄 가죽 냄새가 쏟아지고 있어 얼굴을 파묻은 채로 나는 생각해 한 사람이 제외되어도 돌아가는 세상을, 언제나 그 사람을 제외시키면서 고요해지는 세상을, 버스가 도착하고 사람들이 내리고 신호등이 바뀌고 엘리베이터가 올라가고, 알고 있지 내가 맡은 책상 위에는 함부로 던져둔 저주들이 가득하겠지만 숨이 막힐 때마다 몸이 부풀어서 단추가 터지고, 녹슨 혈관들이 여길 덮어버리는 풍경을, 내가 있는 자리만 철조망이 둘러져서 녹색 피가 번져가고 아무도 돌아보지 않는 세상을, 아이야, 나는 네가 웃기를 바라지만 네가 찾는 산호 조각은 여기 없을 거야, 가장 작은 등과 무릎으로 어디까지 갈 수 있을까, 갈 수 없겠지, 아니 갈 수 있겠지 흔들려도 갈 수 있기도 하겠지, 숨쉬어 철제 의자에 묶인 진공 속에서, 숨쉬어 조금 부족한 공기 속에서, 언제나 조금 부족한, 살아 있다는 기분.

2부

이곳은 모든 것이 뒤섞여 흘러내리는 검은 물감이야

이곳은 모든 것이 뒤섞여 흘러내리는 검은 물감이야

같은 하루

일요일의 창문으로

귀를 기울이면 누군가 공을 차고, 공은 높이 오르고, 외치는 소리, 사방에서 부르는 소리, 공은 떨어지고 박수 소리와 함께 웃음은 터지고, 모든 것이 저렇게 터트려진다면, 그러나 나는 살아간다 모든 것을 안고 살아가려고 한다 이것은 심오한가 심오한 삶을 그리워하다가 나는 말하지 못하는 사람이 된다 아무것도 말하지 못한 사람이 되어 오래 생각하기를 선택한다

생각만 하면 모든 것이 심오해지는 것일까 그래도 되는 걸까 파랗고 붉은 미니 토마토 300g의 꼭지를 딴다(생각을 멈추고) 여기로 패스하라고 외치는 사람을 떠올리며(생각을 멈추고) 토마토를 물에 데쳐 얼음물에 담가 껍질을 벗긴다 물기를 닦고 부딪혀서 넘어진 사람의 무릎을 떠올리며(생각을 멈추고) "먹기 좋은 크기로 자르시오" 활자를 읽는다 문득 그 사람이·나에게 왜 그랬을까 생각한다(멈출 수가 없다)

그들은 심오하지 않다 진짜로 이유가 없기 때문이다 그들은 단지 할 수 있으니까 그런 것뿐이다*

생각을 멈추고, 이유가 없다는 것을 나는 되새기려고 한다 깨닫지 못했으니까 일부러 암송해보려고 한다 어제와 같

은 말을 반복하고 있다는 사실에 이상한 안도를 느낀다 토마토를 반으로 잘라 그릇 위에 올려놓는다 토마토를 돌탑처럼 쌓아올려 기도하는 사람을 떠올리다가(생각을 멈추고) 와일드루콜라 50g을 씻고 자른다 "보기 좋게 자르시오" 레시피에 맞춰 이번에는 보기 좋은 크기로 자른 뒤 미니 토마토 위에 루콜라를 올린다 마지막으로

프로슈토를 두 번 찢어 올리고 레드 와인 발사믹 드레싱 세 큰술을 우아하게 끼얹는다(생각을 멈추고) 식탁 위에 올려 사진을 한 장 찍고 포크를 든다 크리스털 컵에 물을 담아 천천히 마신다 창문 밖에서 다시 함성과 박수 소리가 들리다가 웃음소리가 더 크게 터진다(생각을 멈추고) 축구공은 다른 곳으로 흘러간 것 같다

보지 않아도 상상할 수 있는 사실들에 조금 웃는다(생각을 멈춘 것도 잊고) 다음에는 토마토를 푹 삶아 헝가리안 비프 굴라시를 만들어보기로 한다 "이국적이고 매콤한 풍미"를 느껴보기로 한다 나는, 간단하다.

* 정희진, 『정희진처럼 읽기—내 몸이 한 권의 책을 통과할 때』(교양인, 2014) 중에서.

파견
—기울기

　회의가 끝나고 나는 호출된다 여기 이 상자를 가져가게, 그들은 자연스럽게 말한다 나는 이리저리 상자를 둘러본다 처음 보는 상자입니다 저의 상자가 아닙니다, 나는 조용히 말한다 그들은 머리를 맞대고 회의를 시작한다 내가 있는데 없는 것처럼 이야기를 주고받는다 며칠 뒤에 오라고 한다 나는 다시 호출된다 위에서 회의를 했고 자네에게 상자를 맡을 권리를 주기로 했네, 알 수가 없다 이전까지 나는 어떠한 권리도 허락받은 적이 없다 나는 다시 한번 말한다 이 상자는 저의 상자가 아닙니다, 그럴 줄 알았다는 듯 그들은 고개를 끄떡이며 왜 그런지 설명해보라고 한다 너의 상자가 아니라면 왜 그것은 그렇게 될 수밖에 없는가? 말문이 막힌다 말문이 막혀서 잠시 가만히 앉아 있는다 그럼 권리를 행사한 것으로 알겠네, 이 상자는 저의 상자가 아닙니다, 말하는 순간 회의는 끝난다 정방형의 상자, 소리 없이 숨을 쉬는 상자, 탁자 위에 놓여 아무도 데려가지 않는 상자, 나는 어쩐지 상자가 불쌍하여 상자를 들고 내 방으로 돌아온다 상자는 무겁고 이음매가 없고 아무리 해도 열 수가 없다 나는 상자에 노크를 한다 말을 건네보고 귀를 대본다 아무것도, 아무것도 들리지 않는다 상자를 열려고 애를 쓰다가 그만 놓친다 발등이 찍혀 한참 동안 움직일 수가 없다 왜 이 상자를 내게 주었을까 내 상자도 아닌데, 그들에게 전화를 건다 이 상자를 어떻게 해야 할지 모르겠습니다, 전화를 받은 사람이 말한다 내가 지금 휴가중이라서 답을 할 수가 없

네, 전화를 끊고 상자를 다시 흔들어본다 화장실을 다녀오
다가 복도를 보니 건물에 남은 사람은 아무도 없다 방으로
돌아와 상자를 앞에 두고 고민을 한다 이 상자를 맡을 권리
가 내겐 없다, 나는 블라인드를 내리고 불을 끄고 가방을 챙
긴다 문을 열고 밖으로 나가려는데 물 흐르는 소리가 들린
다 숨을 죽여 살펴보니 상자에서 나는 소리다 이것은 울고
있는 상자구나, 나는 불을 켜고 가방을 내려놓고 다시 상자
를 바라본다 아무 일도 없었던 듯 상자는 조용하다 나는 다
시 그들에게 문자를 보낸다 상자에서 소리가 납니다 상자가
울고 있습니다, 기다려도 답장은 없다 나는 상자를 쓰다듬
으며 상자에 대고 말한다 저는 당신을 맡을 자격이 없습니
다, 상자는 조용하고 말이 없다 그들에게 문자가 도착한다
우리는 그 상자를 포기했다네, 나는 깨닫는다 그럼 이건 포
기한 상자구나, 나는 상자를 쓰다듬으며 나도 모르게 울음
을 터뜨린다 그런데 나에게는 설명을 요구할 자격이 없다.

파견
—리셋

　　삼천입니다 한 달입니까 삼천입니다 일 년입니다 삼천입니다? 문제없습니까 삼천입니다 정말이네요 삼천입니다 전 쾌활하고 웃음이 많아요 삼천입니다 앞만 보며 삼천입니다 한눈을 팔지 않겠습니다 삼천입니다 육 개월 걸릴 일을 삼천입니다 삼 개월 만에 해낼 수 있습니다 삼천입니다 그냥 대충 하겠습니다 계약 해지 좋네요 삼천입니다 어떻든 무척 좋은 삼천입니다 가족이 있습니다 삼천입니다 혼자입니다 삼천입니다 아무도 없습니까? 우리가 모릅니다 정말 아무도 없습니까 그렇습니다 계속할 수 있나요 그렇습니다 점수를 채우면 계속할 수 있나요 그럴 겁니다 점수가 너무 높아요 삼천입니다 쉬지 않고 기계를 돌려야 하나요? 삼천입니다 점수를 얻지 못하면 계약 해지 다 제 탓인가요 계약 해지 누구에게 물어봐야 하나요? 사장이 바뀌었습니다 저 같은 사람이 많나요? 저 같은 사람만 한방에 모아놨던데요 우리는 다른 회사입니다 방이 좁아요 모릅니다 숨이 막혀서 일을 할 수가 우리가 모릅니다 방 사진을 찍어서 보냈는데 여긴 다른 곳입니다 못 보셨어요? 모릅니다 여기 와보시겠어요 계약 해지 새로 건물을 올리고 있던데 계약 해지 거기 들어갈 수 있나요 계약 해지 그 건물은 무슨 돈으로 짓나요 삼천입니다 계획이 있나요? 당신은 자격이 없습니다 계획이 없나요? 계약 해지 계획은 저만 세워야 하나요 누구든 무엇이든 자유입니다 누가 책임지는 건가요 삼천입니다 아무튼 굴러가는 건가요? 문제가 있나요? 책임자는 어디에 있

나요 우리는 다른 회사입니다 점수만 채우면 삼천입니다 점
수표에 없는 일을 하면 계약 해지 점수표에 없지만 꼭 필요
한 일이라면 계약 해지 하겠습니다 삼천입니다 가겠습니다
삼천입니다 의미가 없나요? 삼천입니다 저는 생각을 할 줄
알아요 우리가 모릅니다 다 필요가 없나요 삼천입니다 무
엇을 위해 삼천입니다 네, 힘을 내겠습니다 더 깎이지 않으
려면 지지 않을 삼천입니다 일 년이 지나고 이 년이 지나기
전에 계약 해지 네, 알겠습니다 아무것도 제가 모릅니다 뭘
로 보이나요.

다른 생각

— 이러다가 나, 아무나 만나서 그냥 살 거 같아

너의 목소리가 흔들렸지 너무나 설득력이 있어서 한숨만 내쉬었어 정말, 너의 아무나는 진짜 아무나일 것만 같구나 어쩌지

교복 치마도 삼 년이나 같이 입었고, 몇 년 만에 만났다면, 호텔방 잡고 다음날 조식까지 먹을 줄 알았는데…… 네가 일하는 공장 얘기, 친구 애들 안부 묻고 나니 무서워졌어 이 많은 사람 속에 우리 둘만 음 소거가 된 걸까? 내가 바래다줄게 터미널까지, 널 바래다줄게, 우리 사이 텅 빈 구멍을 몸으로라도 때우고 싶었어

일 끝나고 집에 가면 OTT 보다가 자는 게 전부

왜 아직도 버스가 오지 않는 걸까 그래 이해하지, 모든 일은 좋아지기 직전까지는 점점 더 나빠지게 되어 있어* 문제는 좋아질 때가 언제인지 알 수 없다는 거, 파묻힌 채로 구덩이 밖은 꿈꿀 수 없다는 거, 여기까지 왔는데 미안해, 내가 너에게 줄 것이 없어

난 회사 끝내고 요가를 하는 게 유일한 낙이란다, 매트 위에서 땀을 쏟고 나면 많은 걸 놓아버리게 되지 누구에게든

무엇이든 무슨 기대 같은 거 난 이제 안 해

고민하는 게 너무 싫어서 요가 얘기를 했어 네 표정이 옆으로 조금 샐쭉해졌지 그렇게 보지 말아줄래, 그건 나를 꿰뚫어보는 눈빛이잖아

요가도 하는구나, 그리고 여기 서울에서 살고……

내 말 듣고 있니? 실은 나, 어제도 마늘수액을 맞았단다 그리고 일어나서 또 회사로 들어갔어 침을 질질 흘리면서, 내가 멀쩡해 보이니? 사는 건 다 똑같은 거야, 말하고 싶었지만 그게 영원한 저주가 될까봐, 다른 쪽으로 고개를 돌렸어

왜 자꾸 내가 버려졌다는 느낌이 들까?

우린 너무 멀리 왔구나 같이 놀이기구를 타고, 한때 겨울 바다에 다녀오고, 우리 둘은 그게 전부야 그래서 너를 안 보려고 했던 건데…… 내가 너를 버린 것도 아닌데 왜 나한테 이래!! 난 그냥 거기가 싫어서 서울로 온 거야, 너는 그냥 거기 남은 거고

차라리 세상이 망했으면 좋겠어 버스들이 돌진하고, 사람

들이 비명을 지르며 뛰쳐나가고, 터미널이 무너지기 시작한
다! 싱크홀이 열리면서 빨려들어가고 있어!! 그러면 우리는
신나겠지 하루종일 손을 잡고 망한 세상 위를 뛰어다닐거야
그치? 네가 웃으며 내 팔짱을 끼려고 했어

몇시 차니?

와장창, 내 말에 네 표정이 돌아왔어 너는 잠깐 굳었다가
스케줄 전광판을 쳐다봤지 그리고 짐을 챙겼어 천천히 버스
에 올라타서는, 나를 보면서 손가락으로 폰을 가리켰지 나
는 네가 보낸 톡을 확인했어

진짜 나쁜 년
그래도 널 사랑해

피식, 웃으며 너에게 손을 흔들자 네가 창가에 턱을 괸 채
로 나를 바라보았지 그렇게 보지 마, 난 아무것도 가진 것
이 없어, 너에게 줄 수 있는 게 없어…… 그때부터 눈물이
나기 시작했지

누가 보면 진짜 사랑하는 사람을 떠나보내는 사람처럼.

* 칼요한 발그렌, 『인어 남자』(최세진 옮김, 현대문학, 2015) 중에서.

작은 선물

걸어도 걸어도 무엇도 보이지 않는 나날이 계속된다면, 갖고 싶어 햇살이 오래 들어오는 이층 창가, 담쟁이덩굴이 흔들리고 윤기 어린 나무 탁자 위로는 바스켓 화분이랑 핸드메이드 유리 동물들이 도란도란 모여 있는 곳, 어른대는 빛 속에서, 내게로 다가오는 아이들이 있구나, 밝게 뛰어와서 내 발에 털을 비비는구나, 아무것도 생각하지 마, 지금 네 손에 뭐가 닿는지만 생각해, 아이들을 쓰다듬으며 모나카 아이스크림을 조금씩 나눠 먹으며 나무 위 오두막에서 맞는 좋은 바람 같은 것, 종이 목마가 흔들리는 시간, 나는 여기서 들려오는 오후 네시의 소리들을 좋아하지 옛날 양옥 사이를 지나 학교 운동장의 쉬는 시간을 지나, 좁은 길을 겨우 빠져나가는 스쿠터의 소리까지 전부 구별하고 색칠해보자 그러는 동안 건널목 가까이 낮게 비구름이 다가오는 순간을 사랑하지, 장작불로 직접 볶아 내려주는 커피랑 스마일 쿠키 한 세트가 필요해요, 창밖으로 눈을 돌리며 알 수 없는 것들에 대하여 생각하기로 하지 나날이 막막하고 또 너무 많지만, 저기 나무의자 위로 떨어지는 빗방울과 다른 시간의 곁이 있다면.

다하지 못한 마음

한 사람에게 다하지 못한 마음, 다했음에도 더 하고 싶은 어떤 마음, 같이 걷고 있어도 어떻게 그런 것만 떠오르지 손가락 하나로 번갈아 건반을 누르듯 우리 같이 야트막한 언덕을 오르면서, 봄빛 잘 구워진 기와지붕들을 내려다보지 맨날 뒤로 미루었던 것들을 이제 하나씩 해봐도 괜찮을까? 더할 수 없이 웃으며 고개를 끄덕여주는 사람, 그 사람이 여기 있다는 생각 때문에 나는 그만 몸에 힘이 풀려 영영 여기에 뿌리를 내리고 너를 기다릴 것 같아, 멋대로 돌아다니다가 지하철을 같이 탈 수 있다는 것, 타고 내리는 사람들을 마음에 담으며, 그 사람들이 전부 집에 돌아가 포옹을 받고 머리를 쓰다듬어주며 작은 식탁에 앉아 있는 저녁을 꿈꾸는 지금, 처음 있는 이런 마음, 믿을 수 없는 일이 벌어질 수도 있을 것 같은 어떤 마음, 어떻게 우리는 이럴 수가 있어서, 교각 밑을 출렁이는 저 많은 빛이 잠시 우리 것이라고 믿어보는 시간을 통과하고 있을까

좋아해요, 라는 말이 떨리면서 흘러나오는 순간을 더할 수 없는 기분으로 좋아해요

꽉 차올라서 더 채울 게 없는데도 채우지 못한 것 같은 이런 이상한 슬픔과 빛, 소금과 허브로 잘 절여두었다가 건조시킨 후에 꽁꽁 싸매두자 일 년 뒤에 연잎 껍질을 풀면 비로소 오늘의 이 기분이 손에 배어나오도록, 우리 두 사람에서

시작해 우리를 아는 모든 사람에게 반짝이며 풍기도록, 양
손을 활짝 펼쳐서 서로를 기다려주는 사람, 한 사람이 품에
들어오면 다른 한 사람이 날개뼈를 잡아 한 번도 떨어져본
적이 없는 사람들처럼 녹아버리는 마음, 바람이 세서 피크
닉은 어려울 것 같은 날에도 키 큰 나무 아래에서 눈을 감고
같이 누워 있는 모습을 떠올려보자 흩어지는 머리칼을 서
로 정돈해주며 웃어보는 우리가 되자, 저릿해진 서로의 심
장을 손바닥으로 다독이면 우리의 시간은 다락방으로 올라
가는 나선형 나무 계단, 올라가도 올라가도 영원히 끝을 알
수 없는 궤적으로 시간은 우리를 휘감아오르고, 채널이 다
른 라디오가 들려오고, 오후 네시의 빨래 마른 냄새 같은 너
와, 차가운 보리차를 빈티지 유리컵에 담아 한 모금씩 나누
어 먹는 우리, 나에게 너는 다하지 못한 마음, 꽉 차올랐지
만 더 채울 수 없어서 슬픈, 우린 절대 없는 것으로 서로를
그리워하지 말자, 없어진 것, 없는 사람, 없는 마음, 평생 그
것을 생각하며 뒤에 남는 사람이 되지 않기로 하자,

　한 사람에게 다하지 못한 마음, 다했는데도 끝내 그리워
지는 이 마음과,

3부

너와 내가 받을 행운이 과연 있다면
그걸 모아 한 사람에게 전해주고 싶었는데

뒤뜰 미술관

자수 디테일이 살아 있는,

색색의 털모자를 나눠 쓴 양떼들이 길을 알려주고 있네, 건물의 뒤쪽으로, 잔디 위에 깔린 포석을 따라 차근차근 걸어가보세요 빨간 스카프를 맨 강아지가 반 발자국 앞서 내가 오기를 기다리는구나 오늘은 낮은 구름, 비가 오기 직전의 하늘처럼 사방이 차분해서, 바람도 잠시 멈춰 있는 것만 같아 벤치에 도착하면 나를 품어주듯 아무도 없는 푸른 잔디, 후피향나무가 피워올린 4월의 새잎들 고요하고

안간힘을 내려놓고 홀로 시간 속에 내버려져 있으면, 감은 눈 안쪽으로 오색의 크리스털 병이 진열된 유리장이 떠올라, 병 안쪽마다 양볼이 축축해지도록 울고 있는 아기들, 향나무 어린잎들은 울음 진동을 따라 병 속에서 회오리를 치고 있구나 그런데도 소리가 들리지가 않아서, 진열장이 넘어져서 곧이라도 깨어진다면, 차라리 나는 모든 것을 포기할 수 있을 텐데 그러면 어디로 다시 걸어가야 하지? 물어볼 이유도 없이 바싹 마른 채로 여기에 앉아 모두로부터 잊히면 되겠지

높아지는 하늘과 구름의 밀도

촘촘하게 채워지는 공기 방울 속으로 누군가 양떼들을 몰

고, 빨간 스카프 강아지를 앞세워 다가오고, 스파클링 사과
주스와 작은 생수병을 양손에 들고 웃고 있어요 일단 앉아
여기 내 옆에 앉아, 우리는 손을 잡고 나란히 앉아서 4월의
후피향나무를 바라보고 있구나 여긴 무엇을 전시하는 미술
관일까 이상하지 그런 걸 몰라도 나는 당신과 앉아 있는 것
만으로 세계가 원하는 대로 무너지지는 않겠다는 다짐을 하
고, 돌아갈 때는 스쿠터 뒷자리에 앉아서 오색 크리스털 유
리장 속에서 회오리치는 무수한 빛들에 대해 말해야겠다는
생각을 한다 그런 걸 말해도 되는 사람이 있어서, 떨어진 이
파리 몇 장을 주머니에 넣어간 것은 여름이 깊어진 뒤에 알
려야지 조금 더 생각을 피워올려도 보고.

트랙 B
—재계약

모래를 쌓고 걸어둔 원피스를 쌓고 수정 테이프를 쌓아올
린다 쌓는 것이 유일한 기쁨이라는 듯이 불면증을 쌓다가
가본 적 없는 바닷가 집 불빛을 떠올리고, 비 오는 공동묘지
의 이미지를 쌓고 텀블러에 물을 채우고 벚꽃이 필 때의 기
억을 알약처럼 먹는다 사람을 위한 기도를 쌓고 너를 위한
기도는 잘 생각이 나지 않고,

365개의 문서를 파쇄한 종이 뭉치를 끝내 버리지 못하고
쌓는다 무주택자용 트레일러를 쌓고 성장을 멈춘 것 같은
기분을 쌓고, 모이면 연금 이야기만 하는 얼굴들을 쌓는다
영원히 끝나지 않는 여름 캠프에서 카레밥을 배식받고 식판
을 씻고 돌멩이를 줍고, 다시 식판을 받고 짜장밥을 배식받
고 다시 돌멩이를 버리다가 캠프 바깥으로 나가는 길을 잃
어버린 기분,

우산을 든 채로 우두커니 지켜보던, 등을 돌려도 무수하
게 내리꽂히던 빗줄기의 아득한 중첩

깜짝 놀라 그래도 쌓는 것이 유일한 기쁨이라는 듯이 불
붙일 수 없는 구두를 쌓고 버티지 않아도 될 것을 끝내 버티
어내야만 한다는 강박을 불붙은 톱니처럼 관절에 끼워 넣는
다 어쩐 일이세요? 내면을 고백하려다가 용건만 말하고 서
둘러 전화를 끊고, 쌓일 거야, 쌓이지 않으면 이것들이 전부

어디로 가나, 지혈용 솜을 주문하고 문득 지하철을 타려다
뒤로 물러서고 말았던 아침에 도착하기도 한다 왜 너는 한
걸음 앞으로 가지 못했나, 차선을 넘어……

　너는 고개를 가로젓다가 죽은 화분을 쌓는다면 어디까지
쌓아올릴 수 있을지 상상하며 쌓기를 멈추지 않는다 그런
규정은 없지만 (기록으로 남을까봐) 전화드렸습니다 실은
그거 안 되는 겁니다를 쌓고 1월이 되면 모든 것이 나아질
것이라는 생각을 십 년간 반복해왔다는 생각을 쌓는다 아직
도 더 많은 것을, 손에 잡히는 모든 것을 쌓아갈 수 있음을
증명해 보이겠다는 생각을 이제 멈춰야 한다는 목소리를 쌓
아본다 샤워기의 물줄기를 맞으며 움직일 수 없었던 기억,
이 시간도 언젠가의 나를 위해 쌓아올려질 수 있겠지, 다시
무릎을 세워 일어나 쌓고 쌓다가,

　약속된 날이 되자 너는 문서를 전달받는다
　생각에 잠겨 겨우 잠시 쌓기를 멈춘다

　이상한 문서야, 사인을 하면 그때부터 과거가 없는 사람
이 된다니, 내일부터 너는 아무것도 쌓지 않은 사람, 유일
한 기쁨은 이것밖에 없다는 듯이 다시 새롭게 쌓는 일을 시
작하도록 명받는다 이건 결코 명령이 아니야, 말해보려는데
이젠 자신이 없다.

자유로운 삶
―비대면

모니카는 전화를 건다 세 번의 실패, 겨우 지빠귀가 전화
를 받는다 붉은 목도리를 하고 있어 붉은목지빠귀, 지빠귀
는 목도리를 두르며 이제 막 나뭇가지에 앉았을 것이다 목
도리를 둘렀으니 곧 친절한 지빠귀로 바뀐다 꼭 만나고 싶
습니다 이제 마지막인데, 모니카는 친절한 지빠귀가 물러
서지 않게 선을 지킨다 뭐든 잘 지키면서 소리 없이 호소
하지만

그건 원래 그런 것입니다 우리는 다 지급했어요, 라고 듣
는다 모니카는 조심스레 한번 더 간청한다 세월이 우리에
게 남긴, 아직 못 버린 믿음과 함께, 제가 나무 밑까지 가겠
습니다만, 대면이 어려울까요? 붉은목지빠귀가 훌쩍 날아
가지 않도록 산수유를 챙겨서 가려고 한다 붉은목지빠귀가
춥지 않도록 직접 뜬 목도리를 하나 더 챙겨가려고 한다 붉
은목지빠귀가 대답한다 그런다고 뭐가 달라질까요? 우리는
당신과 아무런 관련이 없습니다 사실상

수목원 입구에는 문이 없다 검은지빠귀 노랑지빠귀 호랑
지빠귀의 지저귐이 교차하며 들리는 수목원, 안개에 둘러싸
여 밑동이 녹아가는 수목원, 절벽 쪽에서부터 바다로 무너
져내려가는 수목원

언제부터인가 너는 너를 모니카라고 불렀지, 모니카 당신

은 거대한 둘레를 가졌어요, 모니카 당신은 당신이 겪은 감
정보다 둘레가 더 큰 나무랍니다, 모니카는 이 문장을 검토
한다 이 문장은 왜 나를 설득하지 못할까, 제발 제가 뭘 잘
못했는지 알려주세요 모니카는 다시 다음 문장을 여러 번
검토한다 하지만 수목원에 대고 할 수 있는 말이 아니라는
것을 안다 어디에 할 수 있는지 알지 못한다면

　내 무지는 어디까지 나의 책임인가 고개를 흔들며 모니
카, 모니카, 두 번 부르면 지난 일이 남의 일 같다 아무리 상
상해도 모니카는 수목원에 어울리지 않는 이름, 왜 나는 모
니카인가 모니카는 어디서 온 이름인가, 믿는다는 것 내가
만든 인과 안에서 스스로를 다치지 않게 하려고 나 자신을
속여가는 일, 이제 붉은목지빠귀는 거의 끝나간다고 생각하
며 말하는 것 같다 우리는 당신의 미래를 응원합니다 얼굴
을 보지는 못했지만 자유롭게 마음껏 날아가시오

　모니카는 날개가 없지만 모든 믿음을 버리고 훌훌 털고 일
어나 생긋 웃었습니다.

작은 섬의 일주일

　이층 숙소 뒤뜰에는 커다란 감나무가 있었다 열매가 많아
서 가지가 휘어졌어, 눈송이를 받치듯 떨어진 감을 주워 쪼
개 먹다보면 입술이 물들고 걸음은 자꾸만 더 멀리로 우리
를 데려갔다 고양이 꼬리 패턴이 들어간 장갑을 서로에게
끼워주고, 입김을 쏟으며 털모자를 쓴 채 걸었던 새벽의 길
들, 한참이나 우리를 따라왔던 순한 개는 갈림길에서 코를
박은 채로 더이상 우리를 따라오지 않았다 산 아래 호수는
물이 깊어 아무리 애써도 바닥을 알 수 없었다 얼음과 자갈
돌에 미끄러질 뻔했다가 잘못 길을 들어 도착한 선착장, 여
긴 오래전에 망했나봐, 칠이 바랜 오리배와 밧줄에 묶인 제
트스키를 보는 일이, 아직 덜 마른 라눙쿨루스 꽃다발을 발
견한 것처럼 반가웠다 그래도 어디 가지 않고 여기 모여 있
으니까, 이대로 시간과 함께 영원히 녹슬어갈 수 있을 테니
까, 우리 방 탁자에서 내려다보던, 일주일 내내 닫혀 있던
정원의 비밀스러운 문이 끝내 열리지 않기를 기도했던 지난
밤에는 같이 책을 읽다가 너무 늦게까지 잠을 이루지 못했
지 그 깊은 밤, 살짝 창을 열면 겨울 섬의 공기가 우리의 몸
을 더욱 차갑게 만들어주었고, 차가우면 차가울수록 우리는
살아나는 것 같았다, 너무 아무 일도 일어나지 않아서 우릴
지켜본 관람객들이 있다면 잠들어버리지 않겠어? 그런 말
에 웃음을 나누며 그러면 된 거지, 우리가 여기 머무는 동
안 세계는 잠깐 무너지기를 멈추고, 그러면 된 거지, 그래
도 괜찮은 거지, 어디선가 석류를 졸이는 냄새, 우리를 만

들어가는 것은 무엇일까? 이 작은 겨울 섬에서 보낸 일주일이, 말들과 함께 우리 속에 영원히 머물러줄 수 있을까, 산책이 끝나고 돌아가면 안마당 불을 때어둔 핀란드식 사우나에 들어가 몸을 녹이자 그러니까 지금은 조금 더 멀리 가보자, 날은 아직 밝아올 기미가 없고, 사우나에서 나오면 튀르키예 유리컵으로 차게 식힌 석류차를 마실 거야, 저녁에는 또 주철 냄비 가득 수프를 끓일 거고, 분홍빛 볼을 한 채 곁들일 무엇이 좋을지도 생각해보는 동안 뭍으로 나가는 길은 다시 물에 잠기고.

오래된 집의 영혼으로부터

하나, 둘, 셋, 잘 아는 신발들이 모여 있어요 속초 바다의
모래가 묻어나는, 캔버스화 한 켤레는 젖어 있고요(곧 아궁
이 옆에서 살살 말려볼 예정), 보라색 작은 단화는 뒤축이
접힌 채 가지런하네요 오는 동안에 스르륵 발이 자라고 있
었을까요(그럴 리가요), 굽 높은 운동화 한쪽은 뒤집어진
채로 멀리 달아나 있어(제일 먼저 뛰어들어간 사람의 것)
제가 몰래 주워왔어요

보세요, 세 칸짜리 시골집 풍경입니다

방은 두 개, 문턱은 높고 고개를 숙인 채로 넘어다녀야 해
요 머리 조심! 앤티크한 뒤창을 열면 장독대와 돌담과 눈
덮인 겨울나무들, 당겨놓은 듯 가까이 있어 다 같이 소리를
질렀지요 오른쪽 끝 방에는 흰색 타일로 장식한 입식 부엌
을 들였고요 보일러 스위치는 냉장고 옆에, 방마다 어떤 이
들의 영혼이 다녀갔는지 살피기라도 하듯 완상을 하고 나면
부엌문을 열고 나와 툇마루로 올라요, 눈 쌓인 앞산을 가로
질러 날아가는

까만 새 한 마리
다시 정적,

처마밑 무드등에 스위치를 넣죠, 딸깍, 우리가 여기 있어

요! 이 작은 불빛에 의지하는 우리가 여기 있어요! 사방에
불 켠 집은 오직 우리밖에 없는, 앞산과 뒷산이 너무 가까워
때로 가파른 바람 골을 따라 몰려든 바람이 집을 흔들고 움
직이는 모든 것을 정지시키는 이곳, 연곡면 진고개로 1299,
흐트러진 머리칼 보고 웃다가도 세상에 없는 적막에 가슴이
내려앉기도 해요, 문득 앞마당 수돗가 근처까지 도착한 푸
른 밤은 옹기 파편처럼, 깨진 채로 쌓여만 가고, 굽 높은 운
동화 친구는 그새 부엌에서 솥밥을 안치고 있군요 젖은 발
의 주인공은 방에서 까무룩 잠이 들어 있고요 저는 방안으
로 들어갈 수는 없지만 털모자에 귀마개까지 하고 있으니
신발 정리를 맡고 있죠 끝나면 아궁이에 불을 넣을 수도 있
어요(잊은 사람들을 위해) 푸른 밤의 파편들이 방안까지 밀
려들기 전에, 굴뚝으로 연기가 피어오르면

타탁!
장작 터지는 소리
불티 날아가는 소리

홀린 듯 귀기울이다보면 우린 한데 묶여 있다는 걸 알게
되죠 오래전부터 우린 고통의 목격자, 서로가 겪었던 바닥
을 알고 있어요 햇빛에 반짝이는 강이 끝없이 펼쳐진 길을
따라 하염없이 걸어갔던 우리, 제발 뒤를 돌아보라고, 더이
상 가지 말라고 외쳐도 구부정하게 가버리던 작은 등을 가

진 우리, 무너지는 얼굴을 본 적이 있어서 우리가 지금까지 함께해온 것일까요 우린 이 행성의 소박한 여행자이지만 이렇게 묶인 서로가 있어서 다시 집밖으로 걸어나갈 수도 있는 거겠죠, 보세요, 작은 보라색 단화의 주인공이 나타났어요 담요를 두르고 은박지에 싼 고구마를 들고 아궁이로 다가가네요 토치에 불을 붙여 장작불을 만들고, 작은 불이 너울로 번져가는 동안 발그레해지는 얼굴, 어느덧 한 사람 두 사람 신발의 주인공들이 모여들고 있네요 바람을 막아주고 싶어도 제 몸을 통과할 뿐이라서 저는 그저 이야기를 듣고만 있어요 장작불을 쬐는 내내

아무것도 이룬 것이 없구나, 누가 한숨처럼 내뱉어도
우리가 여기 모인 게 기적이야! 그런 말로 되받을 줄 아는

이런저런 말도 없이 제가 조금 늦었어요, 스르륵 같이하고 싶지만 그럼 너무 놀라서 사람들은 이 집을 뛰쳐나갈지도 모르죠 그러니까 저는 밤새 세 사람의 신발을 지키고, 끝없는 이야기를 기다리고, 바람소리를 먼바다의 파도 소리로 잠재워 세 사람의 잠을 지킬 거예요 이 집에서 제가 할 수 있는 일이란 고작 그것뿐이지만.

4.5F

　아무도 나와 있지 않은 일요일의 건물이다 복도는 길고, 그 끝에 크리스마스트리가 서 있다 주기적으로 빛을 내며 어둠 속에 서 있다 어둠 속에 버려진 모습으로 트리는 빛을 내다가 조용해진다 나는 저녁이 밤으로 건너가는 시간 동안 복도에 서 있어본 적이 있다 고개를 빼고 길게, 기울어져본 적이 있다 한 번도 들어가보지 못한 방을 생각하며 이 건물에 드나드는 사람들을 상상한다 그러나 본 적은 없다 화장실 불을 켜놓으면 누군가 그 불을 꺼놓는다 그렇게 하지 말아달라고 메모를 붙여봤지만 소용이 없다 어둠 속에서 손을 씻는다 조그만 책상에 앉아 몇 개의 식물을 키우면서 나는 살아간다 물을 주면 말없이 자라나는 식물들과 함께, 식물이 자라면 나는 다시 물을 준다 말을 하지 않아도 식물들은 잘 자라고, 나는 작은 책상에 앉아 바나나를 먹고 미온수를 마신다 아무도 내가 여기 사는 것을 알지 못하는 것 같다 내가 말을 하지 않으니까 나는 말을 잊고, 내가 식물에 물을 주고 조용히 살아가니까 나는 아무렇게나 사용된다 이 건물은 방이 아주 많은 건물이다 일층부터 십층까지 창문이 아주 많은 건물이다 나는 내일 여기서 나가야 한다 그리고 다시 돌아오지 않는다.

4부

언제든 밀려날 수 있는 한줌의 사람

오늘의 셋

　건나물 솥밥을 안치고 생선을 구웠어 거기 레몬즙을 올리고, 한 사람이 좋아했던 두부를 굽고, 미소 된장국을 만들어 식탁을 차리면, 너와 나, 그리고 한 자리가 더 있구나, 살짝 열린 베란다 바람을 따라 식탁 위의 공기가 뒤바뀌도록 우리는 말이 없지, 오늘은 네 얼굴이 어두워 너에게 비친 나도 그럴까, 이런 걸 믿어본 적이 있었어 누군가에게 건넨 토닥임이 돌고 돌아 오늘의 나에게까지 돌아오는 꿈, 그건 일생에 몇 번 없는 행운 같은 걸까? 너와 내가 받을 행운이 과연 있다면, 그걸 모아서 한 사람에게 전해주고 싶었는데, 솥밥의 뚜껑을 열지 못하고 수저를 들지도 못하고 있구나 우리, 빈자리를 떠올리면 늘 돌아가는 그때, 마지막엔 혼자서 무슨 생각을 했을까? 나는 고개를 가로젓고 귀를 막아, 그런데도, 그때로 돌아가, 미안해, 내가 입은 옷을 다 벗어 덮어주었는데도 그 아이의 입김을 가리지는 못했어, 나는 고개를 들지 못하고, 너는 더 식기 전에 뚜껑을 열고 솥밥을 비벼 나에게 밀어주고 있구나, 오늘 너는 내려야 할 정류장을 놓치고, 한 시간을 되돌아 여기까지 걸어왔지, 너만 편하게 집까지 오는 일이 미안해서, 그렇게라도 하지 않으면 자격이 없는 것 같아서, 지금 우리가 할 수 있는 건 한 사람이 좋아했던 식탁을 차려주는 일, 겨우 이 정도의 일, 그러다 문득 내년 4월을 우리가 또다시 맞이할 수 있을지 생각도 해보고, 카이저수염을 붙이고 좀더 일찍 웃겨볼걸, 내 등에 달린 레버를 올리면 입이 벌어졌다 닫히고 호두가 깨지

고, 한 사람이 놀라서 탄식을 내뱉으면 짜잔, 지난 일은 지
난 일 오늘은 우리의 하루를 살자고, 말해줄걸, 서로의 손
등을 토닥이며 수저를 쥐여주며, 문득 베란다를 바라봐, 그
러고는 같은 생각을 하지, 식물들은 말이야, 계속 똑같이 서
있는 것 같지만 해의 방향을 따라 잎을 펼치고 접으면서 하
루종일 움직인대 우리 눈에만 보이지 않을 뿐, 여기 없는 네
가 우리에게 남겨준 말, 오늘 우리는 셋, 우리 셋이 화분에
물을 주는 마음으로, 두부와 생선을 나눠 먹고 고요해진 밤
을 기다리며 함께.

한줌의 사람

   그곳을 나오며 너는 뒤를 돌아보지 않는다 절대 돌아보지 않기로 결심한다 이렇게 떠나면 모든 것이 실패인 걸까, 추억도 기대도 마음도 아무것도 남아 있지 않다고 생각하는 너, 너는 가진 게 별로 없지만 아무것도 안 가진 것을 끝내 인정받아야 받아들여질 거라고 믿었다 네가 너를 더 바닥으로 끌어내려야 머리를 쓰다듬는 사람이 편리할 거라고 믿었다 누가 너를 그렇게 만들었나 누가 너를 그렇게 만들었나 아무도 가르쳐준 사람은 없다 가르쳐주지 않아도 알아채는 사람은 언제나 더 약한 사람, 언제든 밀려날 수 있는 한줌의 사람, 너는 한줌의 사람으로서 간청한다 너는 한줌의 사람으로서 쓸개를 내놓고 애원한다 너는 한줌의 사람으로서 네가 얼마나 불행한 한줌인지 증명하려다가 알게 된다 네가 마침내 뼛속까지 그렇게 되어버렸다는 사실을, 모두가 너를 부른다 안된 사람, 참으로 안된 사람, 이제 아무도 네가 머무는 방안을 들여다보지 않는다 아무도 네가 어떤 추억을 갖고 있는 사람인지 궁금해하지 않는다 사람들은 저마다의 일로 하루가 짧고, 너의 일그러진 표정을 잠깐 생각했다가 이내 내일 아침의 메뉴를 떠올릴 것이다 그들도 그들 나름의 슬픔이 있단다, 누구의 목소리인지 모를 목소리가 너를 위로한다 너는 그것이 위로가 아니라 주문(呪文)이라고 생각한다 주문을 외고 있으면 평화가 찾아오고 마침내 모든 것을 포기하게 된다 너는 웃는다 너는 바보처럼 웃는다 너는 다 알겠다는 듯이 웃는다 모든 것은 네가 만든 지

옥, 모든 것은 네가 만든 실패, 너는 실패의 지옥에서도 지
키려고 애를 쓴다 부서져도 전부 부서지지는 않으려고 어
딘가 안쓰럽게 애를 쓴다 다시 붙일 수 있기를 기대하며 끝
까지 완전하게 웃지는 않고 버틴다 어느 날 네가 머무는 방
에 한 사람이 들어온다 어떻게 오셨지요? 반갑습니다 저는
한줌도 안 되는 사람입니다만, 네가 머무는 방에 한 명이 더
추가된다 제1의 한줌도 안 되는 사람과 제2의 한줌도 안 되
는 사람, 그리고 제3과 또 제4의 사람이 나란히 앉아 서로
를 되비쳐 본다 눈이 마주치면 금세 다른 곳을 바라본다 햇
빛이 들지 않는 환기창을 바라보며 너는 지키려고 애를 쓴
다 그리고 마침내 모든 것이 조용해졌다, 로 끝나지 않는 끝
을, 오직 그렇게만 끝나지 않는 마지막을,

증명할 수 없는 사람

돌아보지 않고 가는 거다, 라는 말을 중얼거릴 때마다 왜
실패한 기분일까, 심장의 훼손, 눈동자의 훼손, 훼손과 나
날들, 날들의 기나긴 훼손, 어디에 갖다붙여도 설명되지 않
는 훼손은 어떻게 증명해야 하지, 로비의 문을 열고 나가 강
변을 걷는다 얼음이 햇빛에 녹는 강을 바라본다 강물은 녹
고 빛은 부서진다 아니 빛이 부서지고 땅이 꺼져간다 부서
지는 빛, 부서지는 빛에 대해 생각하면 미래에 도착한 것만
같다 미래에 도착해서 나는 과거를 지켜본다 이미 도착해서
과거의 내가 걸어오는 모습을 지켜보고 싶다 무미건조하게,
어떤 기대도 희망도 없이, 그러면 실패한 기분이 사라질까

당신은 당신의 길을 가면 됩니다, 나는 타인에게 말을 건
넨다 타인에게 말하면서 타인의 마음이 진정되기를 바라지
만 나는 나의 말을 믿을 수가 없어서 오방을 돌아본다 훼손
과 당신, 훼손과 시절, 아무도 기억하지 못하는 훼손을 가
지고 살아가야 하는 한 사람, 돌아보는 데 지쳐 나는 식물
을 키우고, 식물이 자라면 줄기를 잘라 다른 화분에 옮겨 심
는다 왜 그러는지도 모르는 채 물을 주고 식물이 자라는 것
을 오래 지켜본다 식물은 나를 바라보며 아무 말도 하지 않
는다 정확하게 나를 지켜보며 말도 없이 정확하게 매일매일
성장해나간다 그걸 아는 내가 여기 있어요, 라고 말하는 사
람이 되고 싶다 식물과 함께, 이제 그것에 대해서는 더 할말
이 없을 정도로 알고 있어요, 라고 말할 수 있는 사람이 되

고 싶다 식물과 함께.

　나는 이제 실패를 아는 사람으로서 돌아보면서 가기로 한
다 돌아보면서 갈 수도 있을 것이라고 믿어보기로 한다 믿
음은 있어서 믿는 것이 아니라 믿음으로써 생겨나는 것, 그
렇다면 있다 나는 벌써 있다. 그렇게 중얼거리면서 감사를
반복하기로 한다 멀리서 종소리가 들리고 나는 강을 뒤로
하고, 이제 로비를 지나 숙소까지 돌아가는 일이 남고, 이
것은 갔다가 돌아오는 구조, 회귀의 여정, 성숙의 파노라마
를 완성하는 일에 실패할까봐 내일부터는 하루에 한 번씩
만 돌아보기로 한다 나는 나도 모르게 중얼거리고, 중얼거
림을 반복하는 사람은 되지 못한 사람, 그런 생각이 떠오를
때마다 되지 못한 사람으로서 나는 증명할 수 없는 실패의
말을 받아 적으며 복도를 걸어간다 그때에도 강물은 녹고
빛은 부서진다.

메신저 백

불투명 유리창에 무언가 흘러내리는 밤, 밤공기를 조금씩 들이마시면서 단편적으로 걷는 밤, 촘촘하게 밤은 나와 맞닿아 있고, 물방울 유리 문진이 잘게 부서져 겹겹의 어둠, 휘장 속으로 흘러내린다

젖은 피부를 쓸어내리며 나는 흠칫 몸을 떨지만 이내 아무렇지 않다는 듯이 산책로를 걷는다 원예용 스웨이드 가죽 장갑을 낀 사람들이 늦게까지 작업을 하고 있다 나뭇가지가 모여 일정한 덤불을 이루고, 이곳에서는 숨을 쉬는 일이 어쩐지 죄를 짓는 일 같아서, 나는 나의 미니 가죽 백을 더듬어보고 나의 임무를 잊지 않기로 한다 떨어진 열매를 까마귀가 쪼아먹는다 발을 굴러 쫓아내려다가 죄를 짓는 일 같아 다른 길로 간다 모래 대신 우레탄 바닥이 깔린 놀이터를 지난다 그네에 앉아 올려다보면 아파트 창문은 여러 개이고 어떤 창문은 닫혀 있고, 어떤 창문에는 불이 들어와 있고

차가운 공기 속으로 검은 물감이 느리게 흘러내리는 밤

나는 고개를 돌리고 호흡을 조절하며 다시 밤의 길을 단편적으로 걷기로 한다 심장이 뛰는 소리를 따라가지 못해 크게 심호흡을 하면 나는 벌을 받아 남은 공기마저 모두 빼앗길 것 같다 내가 살던 방은 지금은 기억할 수 없는 물질이 되어 이 밤에 섞여 있다, 라고 말하는 목소리에는 깊이가

없다 종이 위에 연필로 글씨를 쓰는 소리, 소리만 있고 글씨는 쓰이지 않고, 쓰이지 않는다면 지울 수도 없구나, 나는 두어 번 눈을 문지르고 단편적으로 점멸하며 걷는다 깜빡깜빡, 검은 물감을 헤치고 휘장 너머를 들여다보면 무너지고 희박해지고 있구나 구분할 수 있는 모든 것이, 구분할 수 있는 거의 대부분의 모든 것이

너는 한 번도 있는 그대로 너의 모습으로 받아들여진 적이 없어

알 수 없는 목소리가 어디서 흘러나오는지 궁금하여 이번에는 뒤를 돌아본다 돌담 위로 간접 등이 빛나고, 불빛 위로 밤의 전령들이 모여들고 있어 무한한 날갯짓을 되풀이하며 천천히 뒤섞이고 마침내 용해되어 흘러내리는구나 그렇다면 이 밤은 모든 것이 뒤섞여 흘러내리는 검은 물감이야, 이 산책에는 깊이가 없고 결국 제자리로 돌아오겠지만, 여기에 내가 살던 방이 있었습니다 아주 오래된 이야기처럼.

가을빛 일요일의 마당

　색소 과자 냄새가 섞인, 종일 적당한 빛, 잔디를 깔아놓은 마당 마루에 가만히 앉아 있어 여기 있으면 아무것도 서운한 게 없지 감자를 삶기로 해 아직 마음으로만, 소쿠리에서 천리향을 꺼내 쪼개놓고 조금 있다가 먹기로 하지, 역시 생각으로만, 담요를 펼치면 잔잔히 여름 바다의 냄새, 지중해 산 목욕 소금 알갱이처럼 모래 입자가 묻어나오는 시간이구나 마루끝에는 기와지붕에서 떨어지는 또다른 빛을 지나 사슴 패치워크 원단을 따라 바람, 부드러운 바람, 나는 마루에 기대 발을 살랑이며 빨랫줄에 매달아놓은, 말라가는 단화를 바라보기도 하지 허브 화분들이 흔들리고 작은 시약병에 담긴 가을빛을 마개로 눌러 담아 차곡차곡 진열해보는 시간, 주인은 돌아오지 않고 이 작은 마당의 오후가 곱게 부풀도록 아무것도 생각하지 않는 시간.

변신

　조금 전까지 너는 건물 앞에 서 있었지 출입 카드를 대면 소리가 나고 안으로 들어가려면 들어갈 수 있는 곳, 들어갈 수 있습니까? 하지만 내일부터는 들어갈 수 없는 곳, 내일이 되기 전에 너는 네 물건을 가방에 담고, 버릴 것은 밖으로 내다놓아야 한다 안녕하세요, 네 안녕하세요 목례로 지나치는 사람의 얼굴이 낯설다 너는 버릴 것을 내다놓고, 버리지 않을 것도 결국은 내다놓는다 떠난다고 생각하니 모두 버릴 것이 된다 혹시 누구에게 줄까 받아본 사람의 입장으로서, 이 모든 것이 다시 버려질 것임을 알고 있다 버릴 게 많으신가봐요, 누군가 말을 걸어온다 얼마 전까지 목례를 나누던 사람은 아니다 너는 불현듯 깨닫는다 먼저 일하던 분은 어디 갔나요? 글쎄요, 저는 그저 새로 도착한 사람이에요, 네가 버린 물건들을 정리하며 자루에 담는 그 사람의 등이 낯설다 먼저 있던 사람은 등이 더 굽었었지 청소 포만 들고 다니는데도 허리가 굽어 있었어 흰머리가 올라올 때마다 염색할 때가 지났구나, 그렇게 생각했던 것을 떠올린다 흰머리를 감추고 평생을 일해야 하는 사람, 그것 말고 무엇이 있나, 그런 것은 어쩐지 원래부터 그랬던 거라고 생각했던 나날들을 떠올린다 한 걸음도 나아가지 못했던 나날들, 그 끝에 이제 너도 내일이면 건물 바깥에 서서 건물을 올려다보겠지 지워진 사람과 새로 도착한 사람이 반복되면서 너의 날들도 여기까지 흘러온 것이다, 너는 그동안 아무것도 하지 않았어, 마지막으로 떠올려본다 애를 써보지만 무엇도

떠올리지 못한 채로 너는 정류장에 앉아 있고 버스는 지나
가고, 사람들은 버스에 타고 이곳을 떠나간다 너는 남겨진
사람으로서 손을 떨어뜨리고 움직일 줄을 모른다 얼마나 오
랜만인가 아무것도 하지 않는 것은, 얼마나 오랜만인가 끝
까지 앉아 있기로만 한 것은, 움직이기를 포기하자 손아귀
에 힘이 풀리고 햇볕을 따라 너의 영혼도 풀려난다 그리고
정류장엔 너의 짐만 남는다.

5부

너를 아프게 하는 것으로 세상을 벌주려 하지 말아

다시, 파견

    매트한 브릭 컬러로 색칠된 건물이다 높은 곳까지 창문은 빛나고, 약속된 포인트를 찾는 데 시간이 걸린다 안내인을 따라 지하로 내려간다 이런 곳에 입구가 있습니까? 안내인은 말이 없다 안내인의 뒤통수만 보고 너는 걷는다 지하 삼층까지 계단을 따라 계속 내려간다 센서 등이 켜지고, 다시 꺼지고, 다시 켜지기를 반복하면서 내려갈수록 현기증이 나고, 어디선가 물이 새어나오고 있다

    여기 물이 새고 있어요, 발목까지 젖어가고 있어요

    젖은 발에 대해 말하면 미움을 받을까봐 너는 입을 다물기로 한다 철문이 열린다 힘주어 밀어야 철문은 겨우 열린다 텅 빈 공간, 책상과 의자, 의자와 책상만이 놓인 그곳에 슈트를 입은 한 사람이 앉아 있다 그의 뒤로 다시 블랙 커튼이 드리워져 있고, 사방에 장식이 하나도 없다 발목이 물에 잠겨서 그는 물위에 앉아 있는 것 같다 뭐라도 말해보려 하지만 너는 이미 네 스커트 전체가 젖어 있다는 것을 깨닫고 무슨 말이든 듣고 싶어 준비된 철제 의자에 앉는다 그는 시계를 본다 피아노 건반을 두드리듯 손가락으로 희미하게 책상을 두드린다 그가 입술을 오므렸다가 뗀다 입구가 좁은 피리를 불듯 겨우 말한다

    어디 이곳을 ○○하세요

너는 네 귀를 의심한다 뭐라고 하셨죠? 저는 이곳에 처음 왔습니다만, 그는 다시 한번 말한다 이번에는 귀에 들리도록 확실하게 말한다

어서 이곳을 탈출하세요

너는 건물에 들어오기 전 시트러스 향수를 손목과 목덜미에 뿌렸던 것을 기억한다 저는 매우 건전하고 색채 밸런스가 잘 맞는 사람입니다 너는 살짝 웃으며, 내가 웃어도 되는 것일까, 웃을 힘이 남아 있다는 것을 증명하기 위해 웃어주고 있는 것은 아닐까, 생각한다 그는 너를 보지 않고 손가락을 더욱 빨리 움직이며 책상을 두드린다 내일부터 출근하세요 이것은 당신의 선택입니다 반복되는 저 소리, 그는 시계를 본다 그러고는 다음 사람 들어오세요, 말한 뒤 뭐라고 뭐라고 계속 중얼거린다.

네가 생각하는 그런 사람

오늘의 정식을 먹고 조금 걸었어 아직 수프 냄새가 남아 있는 손가락을 햇볕에 내어놓고 오르막길을 올라갔어 약수 터까지 더 걸어볼까 그때 그랬던 것처럼, 나는 입안 가득 바람을 마셨다가 입술을 오므리고, 휘파람을 불었지 제일 오래가는 소리에게 물고기 이름을 붙여주기로 했잖아 원양 미생물이 넘치는 북극의 바다까지 헤엄쳐갈 수 있도록, 힘을 주자 그러니까 힘을 줄 수 있는 사람이 되자, 너는 뭘 좋아해 양송이 수프를, 너의 이 점은 언제 생긴 거야 아니 점이 있는 것을 나는 몰랐어 우리가 더 궁금했던 건 우리가 무슨 사람이냐는 것, 그건 아직 될 것이 많이 남아 있다고 믿었던 시절의 이야기, 벤치에 앉아 산에 오르는 사람들을 구경하는 일을 하자, 오일 파스텔로 색을 입힌 것처럼 햇빛이 부서지고 나뭇잎이 번져가는 것을 그냥 바라보기만 하자, 지난날은 저릿하게 눈앞을 흘러가고, 지금은 지금일까 아니면 그때일까 우리는 눈을 감고 꽃가루에 취한 것처럼 서로의 이름을 불렀지, 너는 왜 나를 믿었어 내가 꽤 괜찮은 사람이 될 거라고, 왜 한 번도 그 믿음을 버리지 않았어? 우리의 손가락은 겹쳐 있었고 서로 다른 방향으로 등을 보이고 있었지만 그것이 마음에 들었지 산밑 초등학교에서는 아이들이 쏟아져나오고, 커튼은 흔들리고, 축구공은 튀어오르고, 나무와 철봉, 그래 어린나무와 말없는 철봉처럼 우린 아직 이 세상에 있는 거지, 있는 줄도 모르게 가만히 그렇게, 폐타이어 모래 놀이터가 아직도 남아 있는 곳, 여기서 잠자리 안경

을 쓰고 네가 나를 돌아봤어 중학생한테 빌린 것 같은 치마
를 입고, 그런 눈, 아직까지 한 번도 다시 만나지 못했던 그
런 깊은 눈을 한 채로, 이젠 서로 다른 땅에서 창공을 바라
보며, 아직도 서로 뭐가 될 수 있을 거라고 믿으면서, 뭐가
되지는 못했지만 되어가는 중*이라고 여전히 믿으면서, 우
린 살아 있는 거겠지 언젠가 이 믿음을 버려야 할 날이 올
거야 그것이 나에게 위안을 준다

　네가 생각하는 그런 사람, 그런 사람이 되어, 가, 면, 서.

* 영화 〈태풍이 지나가고〉(고레에다 히로카즈, 2016) 중에서.

트랙 B
―새로운 생활

카드를 찍고 체온을 재고 너는 안으로 들어간다 엘리베이
터에서 내려 다시 카드를 찍고 방문을 열고 가방을 내려놓
는다 믹스 커피를 타서 옆에 두고 컴퓨터를 켠다 메일을 확
인하고 몇 가지 중요한 문서를 작성하여 보낸다 그러는 동안

옆자리의 사람이 들어오고 간단한 인사를 나누고 이내 그
사람은 파티션 저쪽으로 사라진다 시간은 흐른다 중요한 많
은 일을 한 것 같은데 시간은 조금 흐른다 너는 불쑥 생각한
다 이게 정말 중요한 일일까, 나는 중요한 일을 한다고 믿는
별로 중요하지 않은 사람, 생각에 빠진다 생각에 빠지면 그
건 확신이 되고, 도망갈 수 없는 확신 속에서, 무슨 일이든
끝에서 조금 더, 있는 힘을 다하면 네가 하는 일이 중요한
일이 될 거라고 믿었던 시절이 있었지, 그러면 너는 중요한
일을 하는 중요한 사람이 되는 거야, 혼잣말을 중얼거리며
밤의 운동장을 달리다가 밤하늘에서 붉은 물감이 쏟아지는
것을 본다 검은색과 붉은색을 구별할 수 없구나 두 눈의 실
핏줄이 터진 채로 너는 걸어간다 흔들거리며, 비틀거리며,
나는 쓸모가 없는 사람이야, 나는 아무 쓸모가 없는 사람이
야, 혼자 중얼거리며 트랙의 바깥으로, 바깥에 뭐가 있는지
도 모른 채 아주 오래 걸어가다보면

너는 새로운 생활에 당도해 있다 두 눈이 벌겋게 터진 채
로, 모든 것이 새로운 이곳, 너는 하나도 바뀐 것이 없는데

모든 것이 새로운 이곳,

　창밖으로 풍경을 바라본다 생각보다 가까운 곳에 산이 있고 길이 있다 너는 고개를 숙이고 점심시간이 훨씬 지나도록 일에 몰두한다 이것이 왜 필요한지 알 수 없는 일에 너의 온 정성을 다 바친다 아무도 찾아오지 않고 아무도 불러주는 사람이 없는 곳, 화장실에서 사람을 만나면 황급히 등을 돌리고 나온다 오후 세시가 넘어서야 마침내 너는 건물을 빠져나와 산길로 들어선다 오르막길이 이어지고 어슬렁거리며 고양이가 나타나고, 비로소 숨을 제대로 쉰다 벤치에 앉아 대낮에도 축구를 하고 있는 사람들을 보면 세상이 단순하게 보인다 골을 차 넣기, 그걸 위해 쉬지 않고 달리기, 축구하는 사람들을 지나 아래가 다 내려다보이는 정상을 지나 너는 천천히 길을 더 걸어보기로 한다 한 번도 가보지 않은 새로운 길로 들어가보기로 한다 오래된 연립주택을 지나 가끔 뒤를 돌아보면서, 큰 화분과 쌀을 함께 파는 이상한 가게를 지나 한번 더 뒤를 돌아보면서, 택배 오토바이가 세워진 대리점을 지나 처음 보는 가게 앞에 서 있는다 들어가려다가

　뒤돌아보고, 다시 들어가려다가 등을 돌려 나온다 마지막으로 한번 더 가게를 보다가 마침내

　　안으로 들어간다 주인은 말한다 새 밥이 다 돼가니 조금
만 기다리세요, 육개장도 새로 끓여 가져다준다 너는 비로
소 늦은 점심을 먹는다 배고프실까봐 김을 빨리 뺐는데 밥
이 조금 설익지 않았어요? 앞치마를 걸친 가게 주인은 자
꾸만 네 식사를 살핀다 오늘은 자격이 없어서 밥을 안 먹으
려고 했어요, 라는 말은 넣어둔 채, 너는 오늘 처음으로 고
맙다고 말한다.

월동준비

　가을 세계수 밑에 오래 서 있어요 병아리 가발을 쓰고, 멀리 있는 하늘 망토를 당겨서 두르고, 나는 골목을 지나서 왔어요 누가 나를 보았을까? 세단뛰기로 지나왔어요 얼굴을 가리고 살금살금 왔어요 저 많은 건물들에 불빛이 차오르는 시간, 발색 좋은 오렌지가 부시도록 매달리는 시간, 나는 알아요 어느 모퉁이에서 바구니를 들고 담장 뒤로 돌아가는 고양이들도, 주머니에서 열매를 하나씩 흘리는 아이들도, 정리 박스는 이미 오래전에 구멍이 났어요 내가 살아남은 건 여기가 좋아서가 아니라 아직 이곳이 저를 죽이지 않았기 때문이에요* 그래도 나는 아직 있어요 나날이 가벼워지고 있어요, 다리를 건너서, 마지막 슈퍼를 지나 오르막길을 따라, 세계가 발아래로 모두 보이는 곳, 아무도 흉내낼 수 없는 얼굴로 저마다의 이야기를 들려주는 곳, 여기서는 그 소리가 다 들려요 레몬 주황 거리의 휘장이 펼쳐지고 있어요 피부는 한껏 당겨져서 비닐 수조 안 종일 굴러다니는 소라껍데기처럼 울퉁불퉁하지만 가을 세계수 밑동, 자질구레한 주파수가 공기 속에서 지글거리는 소리 들으며, 이제부터 잠을 잘 거니까, 언제 깨어날지 모를 긴 꿈을 꿀 거니까, 종이 냅킨으로 세 번 감싼 뒤, 마끈으로 살살 묶어주세요 땅속에서 나는 아무도 나를 다치게 못했던 날들의 리스트를 적어보다가 지혜를 떠올리기도 하고 너그러워질 수도 있어요.

　* 호프 자런, 『랩 걸―나무, 과학 그리고 사랑』(김희정 옮김, 알마, 2017)의 한 문장을 변용.

어떤 일은 그냥 일어나기도 하지

자주 부딪히며 나는 걸어가, 멍자국을 만들며 아무렇게나 나를 아프게 해, 괜찮아요 나는 이제 무해한 열매, 아니 미안해요 이제 나는 무용한 열매, 보도블록 위 검고 무른 자국들, 후드득 오디 열매처럼 떨어져나간 손등과 무릎, 이마와 복사뼈, 딱딱하다고 믿은 모든 전부가 아무렇지 않게 버려져서 멍이 들어가, 나는 무용한 열매이니까, 그렇게 믿으면 이해가 되고 그렇게 믿으면 가만히 서 있어도 저녁은 오고, 저녁에는 얼굴을 감출 수가 있어서 그게 좋아서, 나는 천변을 걷다가 마지막 심정으로 전화를 걸어 언니, 여긴 사람이 많아요 팔을 흔들거나 난간에 종아리를 문지르는 사람들, 돌아갈 곳이 있어서 좋아 보이는 사람들, 누군가에게는 나도 그렇게 보이겠죠 약은 잘 먹지 않고 밥은 더 잘 먹지 못해요 내 얼굴의 이건 그늘이 아니라 녹음이라고 믿었어요 더 짙은 녹음 안에서, 검어지도록 짙어가는 녹음 안에서, 숲으로 연결된 길을 내는 사람은 나일 거예요, 라고 믿어보고 싶었어요 그랬구나 응응, 그래서 거기까지 혼자 걸어갔구나 괜찮아 계단을 내려가면 거기 버려진 농구 코트가 있고 더 내려가면 바다에 반쯤 잠긴 벤치, 거기 너를 기다리는 내가 앉아 있을 거야 떠올려봐, 색깔이 바랜 벤치에 앉아 내가 너를 기다릴게 어젯밤에는 내 침대가 날아가는 꿈을 꾸었단다 문턱을 가뿐히 지나 아무도 없는 자정의 길을 떠가면서 핀 조명 하나가 낮게 켜져 있는 박공지붕 상점을 들여다보고 있었어 수수꽃다리 화단이 가지런한 길에서,

모든 것이 무사한 것처럼 보였던 밤, 꿈을 꾼다는 것을 알면서도 기뻐서 깨고 싶지 않았던 밤, 잠들어 있는 작은 상점의 내일 아침은 어떨까 꿈꾸어보았어 언니는 이야기를 멈추지 않았지 모든 것은 그냥 일어나기도 한단다, 내겐 부리밖에 남지 않았지만 나의 부리로 네 깃털을 가다듬고 윤기를 내어줄게, 그럴 수 없을 거라고 믿고 싶어도 어떤 일은 그냥 일어나기도 하는 거니까, 그 일들이 너를 미워해서 일어난 것이 아니니까, 이제 너를 아프게 하는 것으로 세상을 벌주려 하지 말아, 올겨울에는 연탄난로 곁에서 같이 얼린 홍시를 나눠 먹어야지.

데이지 스프링 무드

이 손 뭔데?
미안, 계속 자도 돼

　말랑한 네 볼에 손을 대보는 일, 그렇게 잠든 네 얼굴을 보며 오늘의 우리를 떠올려, 우리, 그래 우리, 해안도로를 타고 여기까지 왔어 옹기종기 파란 슬레이트 지붕과 돌담을 지나, 간판 없는 책방에서 산 책을 가방에 넣은 채로 또 걸으면서 우리가 손을 잡으면, 이상하지, 글자들이 날아가, 그림처럼 색깔을 입고 빙글빙글 날아가, 이전까지 나는 연기로 가득한 방 안에서 일어날 수도 없었는데, 너와 함께 창이 열리고, 회전하는 나날들, 회전하는 세계에서 내가 잠시 놓여나는 상상, 숨쉬고 싶어, 그래도 돼, 숨쉬고 싶었어, 그렇게 할 수 있게 내가 만들게, 너무 구겨져서 더이상 들여다볼 수 없는 내가 종이 인형처럼 녹아내리고 색깔을 입은 내가 주름을 만들면서 조금씩 일어나고 있었지, 문 바깥으로 의자를 놓고 너는 녹슨 새장과 온실, 관목 덤불과 포플러를 같이 보여주었어 걸어, 나와, 같이 걸어, 세수도 하지 않고 바닷가 작은 돌담집까지 같이 걷는 마음, 돌담집에 들어가지는 않고 돌담집을 지나 더 걸으면서, 이제 우린 매운 돌문어 볶음도 먹을 수 있고, 맥주에 와사비 콩도 같이 먹을 수 있게 되었지? 고개를 끄덕여주며 손을 놓지 않았지, 북극곰처럼 옷을 차려입고 여기까지 왔구나 애기동백이 피는 작은 섬, 잡화점에 들러 고른 세상에서 가장 쓸모없는 회전목마 오르

골을 틀어놓고 가만히, 가만히 잠들어가는 너의 뺨에 손을 얹고 오늘 있었던 일을 들려주고 있어, 애기동백 숲을 느리게 걸었던 우리, 동백꽃을 손으로 받아 품어보았던 우리, 여기서 뭐가 생겨날까? 같이 있으면 우리도 뭔가를 만들어낼 수 있을 것만 같은 마음, 잠든 줄 알았던 네가 내 손 위에 너의 손을 겹칠 때, 우리 나중에 긴 다이닝 테이블은 꼭 사야지, 같이 앉아서 밥도 먹고 맥주도 마시고 그동안 못다 읽은 책들을 전부 읽어야지, 정말 그래야지

자면서 웃지 마
자면서도 좋은걸

시작은 있지만 끝이 없는 이야기

어젯밤엔 창문을 열어놓고 잠을 잤어 신기하지 꿈속의 꿈에서도 나는 창문을 열고 멀리멀리 흘러가더구나 더이상 갈 수 없는 곳까지, 끝이라고 생각했던 곳에서 조금 더, 겹의 세계를 통과하고 있구나 없는 줄 알았어 한 겹 끝이 세상의 전부인 줄로만 알아서, 어느 책상 위에서 혼자 잠이 들었다가 눈을 떠보면 밤이 있고 거기서부터 다시 꿈이 열린다는 걸 몰랐어 흘러가고 보니 흘러가기도 하는 거구나 고개를 끄덕이며 떠나보내는 것, 버스는 흘러가고 나는 창가에 머리를 기대고 있었지 겨울나무들이 잘린 채로 나를 배웅하고 있었어 사방이 잘린 채여서 비명도 울음도 없었어 어쩔 수 없다는 게 이런 거구나 어쩔 수 없다는 것을 안다는 게 이런 거로구나 겨울 처마밑에는 장작들을 가득 쌓아두었지 이제 불을 지피고 통깨 주먹밥을 먹으며 드문드문 된장국을 마시다보면 무언가를 건너가 있겠지 건너간 다음에야 내가 건너온 것을 돌아볼 수 있겠지 건너왔지만 건너온 것을 모르기도 하겠지 지금은 보이지 않아도 사각 행거에 달아놓은 소원 쪽지들이랑 라탄 바스켓에 담아둔 마른 옷들을 매만지며 아직도 이런 것이 남아 있구나, 꿈속에서는 내가 아직 없어지지 않았구나 옷 사이에 얼굴을 파묻고 흘러가는 시간이 있기도 하겠지 얼굴을 내밀지 않아도 조용히 흘러가는 꿈, 사람들은 일을 하고 철근공은 움직이고, 하나의 꿈을 열고 또하나의 덧문을 열면서 나는 자꾸자꾸 흘러가고 있어.

6부

너와 걸었던 차분한 나날들,
네가 여기 있다는 차분한 믿음들

고양이 방문자 센터
—새해 전날

이 닳아버린 진심을 가지고 무엇을 할 수 있지, 그러니까 천장이 한쪽만 사선으로 기울어진 다락방 창 너머로 휘몰아치는 눈구름을 바라볼 때, 투명 캡슐 속 러블리 웨이브 펌을 한 연인과 홈메이드 달걀 샌드위치를 나눠 먹는 꿈을 꾸거나 구릉 위에서 색색의 옷을 입고 춤을 추는 아이들이 새해 카드를 만들어 갈런드처럼 어른의 몸을 장식하는 그때에도 나는 못내 무서운 생각을 멈출 수가 없어서 눈구름 바람 덤불 속에 머리를 파묻고 말지, 고개를 들지도 못하고, 그때에도 둘러싼 밤의 고양이들은 나를 내려다볼 텐데, 닳고 닳은 이 진심으로 무엇을 할 수 있을까, 눈감은 생각, 감은 눈을 한번 더 감는 생각들, 생기발랄 립밤을 바른 채로 수염을 가다듬는 고양이들이, 생각하고 또 생각한 슬픔에 기대는 시간들도 이리저리 튕겨내면서, 떨고 있는 내 몸을 꾹꾹 눌러오기도 할 텐데, 내가 줄 수 있는 건 고양이 젤리 정도뿐, 이걸로 될까요? 지금 막 떠올린 말에 기대어, 나는 차돌 두 개에 글자들을 적어 양손에 나눠 가져요, 망가진 간헐온천과 추위 긴 세상 끝 오두막에 있다는 착각, 이 정도로, 다시, 어떻게 살아갈까? 나는 오늘 방문자 센터의 마지막 손님, 고양이들이 내어준 방수 작업복을 입고, 오로라 예보 사이트가 띄워진 시계를 차고, 혹독한 겨울, 혹독하다는 말이 숨소리까지 얼려버리는 눈구름의 깊은 속, 알코올 램프에 끓인 표고 다시마 국수를 같이 먹으면서 서리 낀 창문 밖으로 보이는 풍경을 잊어가지, 창문에다 물방울들을 그리면서, 수륙양용 오리 버스를 기다리면서.

트랙 B
—좋은 사람

그는 수시로 너를 불러 점심을 산다 오늘의 메뉴는 오므라이스와 돈가스, 네가 밥값을 내지 못하도록 좋은 사람은 미리 계산을 해둔다 저도 한번 내고 싶습니다만, 그런 말은 성립할 수 없으니 편히 먹으라고 한다 숲속 달팽이가 낙엽 뒤로 사라지듯 손과 발이 움츠러든다 그렇지만 너는 이곳을 사랑해야 한다 돌아가는 길에는 또다른 좋은 사람을 만난다 저는 당신과 같은 사람은 아닙니다만 그렇다고 많이 다른 사람도 아닙니다 너 자신을 뭐라고 설명해야 할지 모르겠을 때, 좋은 사람은 그게 뭐가 중요하냐고, 이곳에서 일하면 약간의 차이가 있을 뿐이고 사실 그것은 별 차이도 아니라고 말해준다 빈방이 있다면 문을 닫고 들어가 아무도 들어오지 못하게 하고 싶다, 는 생각을 하다가 건물 경계의 벤치에 앉는다 제가 이곳에 온 지도 벌써 수개월이 지났습니다만, 저도 가끔은 이곳에 앉아서 겨울의 첫눈을 보고 싶다는 생각을 합니다 그래도 되는 것일까요? 좋은 사람은 별게 다 걱정이라고 말하면서 자신이 출연한 유튜브 영상을 보여주고, 어떻게 생각하느냐고 묻는다 너는 말한다 좋습니다, 모든 것이 다 좋습니다, 내일 점심이 되면 좋은 사람은 다시 너의 방문을 두드릴 것이다 좋은 사람은 말한다 당신은 매사 긍정적이어서 같이 있으면 기분이 좋습니다, 너는 웃으며 대답한다 그냥 들어오셔도 되는데 늘 노크를 해주셔서 고맙습니다, 저에게 노크를 해주셔서 참으로 고맙습니다, 숲에 열매가 많이 열리면 매서운 겨울이 찾아온다는 징조, 하지만

열매가 없는 매서운 겨울도 있는 것이다 좋은 사람은 유일
하게 너를 들여다보는 사람, 수시로 너를 찾아주는 사람, 너
는 이곳을 사랑해야 한다.

크리스마스이브

　노을, 창문 밖으로 노을이 찾아왔어 산등성에서부터 길게 낮의 소란들을 데려다가 보자기에 감싸 묶어 내일로 옮겨가고 있어, 오래된 창틀 사이 자꾸만 찬바람이 스며들어와서, 안에 있지만 발등까지 눈이 쌓일 것만 같아, 털모자에 목도리를 두르고 나도 친구들이랑 크리스마스트리 옆에 같이 서 있고 싶은데, 털실 구슬이랑 솔방울을 걸면서 내일을 맞이하고 싶은데, 나에겐 아무것도 남지 않은 것만 같아, 노을이 지면 집에 돌아가야만 할 것 같고, 집을 생각하면 침대가 떠오르고 머리칼에 땀을 내며 속눈썹이 긴 아이가 잠들어 있어서, 나도 겨울 잠옷으로 갈아입고 그 옆에 누워 점점 어려지고만 싶은데, 둘이 손을 잡아 하루를 잊고 서로의 잠을 지켜주면서, 흰 눈이 소복소복 쌓이는 소리, 버섯 모양 무드 등 주변 양털 불빛에 감싸여 고요해지고만 싶은데, 나는 이제 집으로 돌아갈 수는 없을 것만 같아 스키를 신고 아무리 달려도 노을 너머로는 도착할 수 없을 것만 같아, 풍경과 소란이 까맣게 지워지는 일을 지켜보는 걸로 이 세상을 다 흘려보낼 것만 같아, 안 돼, 발을 한 번 쿵, 굴러보지만 여기 남아 있는 사람은 없고, 한참 전부터 빈방들은 지금까지 그 모습으로 남아 있을 뿐, 그렇다고 내가 들어갈 수는 없는 곳, 밤이 더 깊어지면 이 방에 작은 연통을 내고 책을 찢어 벽난로를 피워도 여기 누가 시린 발을 견디면서 노을을 보고 있었는지 아무도 모르겠지, 안 돼, 발을 한번 더 굴러보지만 밤새 하얗게 새어나온 나의 한숨은 여전히 그대로여서, 그게 몽땅 얼어붙어서, 크리스마스트리 아래서 반점이 예쁜 사슴이랑 긴 꼬리 여우랑 흰올빼미까지 선물 상자의 리본이 풀리기만을 기다리고 있을 때에도 녹지 못하고 이 방을 떠나지 못하겠지.

세계의 구조

　사인을 하고 방을 배정받는다 문을 열자 철제 침대가 나오고 곧이어 안내 방송을 따라 집합소에 모이라는 얘기가 들린다 폴딩 도어를 열고 나가자 대형 공장 한가운데에 찜통기가 나타난다 힘줄이 불거진 부속물과 뼛조각과 조미료를 잔뜩 담고 삶아낸다 뼈가 녹을 때까지 삶기를 멈추지 않는다 열을 식혀 즙을 내리는 통에 옮겨 담고 포장을 시작한다 손가락이 붓고 관절이 움직이지 않는다 일하는 사람들은 다 어디 갔어요? 아무도 대답해주지 않는다 고무장화에 땀이 차고 열기가 빠지질 않는다 언제까지 이 일을 계속해야 할까, 졸면서 생각을 반복하다가 저녁도 먹지 못하고 잠에 빠져든다 잠을 자면 겨우 일이 중단되는구나, 손전등을 켜고 눈을 뜨고 암실 밖으로 나온다 나는 잠에서 빠져나오기 싫은데 꿈속에서도 자꾸 움직이고 있다 여기에 어떻게 이런 게 있지, 아래로 아래로 내려가는 계단을 따라가면 로비가 나오고, 폴딩 도어를 열고 나가면 작은 정원에 도착한다 이름을 알 수 없는 나무들, 여름을 따라 피어오르고 그늘이 깊다 누군가 틀어놓은 물이 쏟아지고 있다 스프링클러가 돌아가며 잔디를 적시고, 내가 없어도 빈틈없이 관리되고 있다는 사실이 신기하다 그게 왜 신기하지, 모자를 눌러쓴 사람이 나타나서 그만 여기서 나가야겠다고 말한다 왜 내가 나가야 하느냐고 물었더니 모자를 쓴 사람이 말한다 사정이 어렵습니다 잔디에 눈에 부셔서 내가 말한다 좋았던 적은 언제인가요? 폴딩 도어를 열고 되돌아가려 하자 문이 열리지 않는다 폴딩 도어 안쪽으로 누군가 차를 마시고 있는 게 보인다 실루엣 속에서 나는 그 사람의 얼굴을 보려고 움직이지만 여름 햇빛이 강렬해 얼굴을 볼 수가 없다 그는 차를 마시며 나를 보고 있다 하얗구나 둥그런 잔이, 하얗구나 둥그런 잔만이, 표정이 하나도 없는데 어쩐지 알 것 같은 사람들, 지속되었던 매미의 소리가 사라진다 사라진 다음에야 그것을 안다 그는 아무런 표정도 없이 차를 계속 마신다 실은 나를 보지 못하는 것 같다 그 뒤쪽으로 표정 없는 사람들이 모습을 드러낸다 하나둘 잔을 들고 무언가를 마시고 있다 하얗고 둥근 잔, 하얗고 아주 둥근 잔.

새로운 생활

　겨우 여기까지 왔구나, 무엇도 바뀌지 않은 채로, 그래 겨우, 너는 천창이 높은 집 거실에서 코코스야자나무 키우는 꿈을 꾸었지 햇빛 아래 물을 주고, 자고 일어나면 야자 열매가 가득 떨어져서, 걸음을 내딛지도 못하고 넘어지는 꿈, 그러나 지금 너는 노래한다 푸른 방들이여, 토성은 기울고, 밤의 안쪽에서 흘러나오는 엷은 탄식들, 흔들리는 입김을 따라 손을 비빈다 온풍기를 켠다 목소리를 전부 거두고 이곳을 먼저 떠난 사람이 있었지 모든 것을 파기한 그 사람이 남겨준 유일한 미니 온풍기, 제가 안된 사람처럼 보이나요? 가만히 너의 어깨를 두드리고는, 등을 돌려 그가 완전히 사라질 때, 그런 대화는 나눈 적이 없는데도, 그런 일들이 몸속에 쌓인 채로 너는 여기까지 겨우, 왔구나 이곳의 밤은 파쇄석 자루처럼 무겁고, 더 더 긴 밤을 보내야 이곳에 남아 있을 수 있다면…… 너에게만 들리는 이상한 소리, 자꾸만 들려오는 이상한 명령, 죄송합니다 겨우 이런 것이 저에게 남아 있습니다, 주머니를 뒤적여보지만 빈손인 채로, 너는 움츠린다 이제부터 너는 혼자 중얼거리는 사람, 들어줄 사람이 없어서 자신을 몇 개로 쪼개 공허를 버티는, 정신이 여기 없는 사람, 너는 여기와 저기 사이에서 흔들린다 저기와 네모 사이에서 수직으로 칸칸이 달궈진다 격자로 칼집 난 알밤이 터지고, 한쪽 눈이 멀고, 푸른 방들의 문이 부서진다 흐흫흐흐, 무언가 흘러내린다 네가 너의 웃음소리를 견디지 못할 때 창밖으로 재가 섞인 빗물, 토사가 무너져서 이곳의

입구를 막아버린다 어딘가 고장이 나버린 것 같은데, 그것
이 세계인지 너인지 구별이 되지 않는다, 거짓말, 알고 있지
만 모르는 척 겨우 여기까지 왔을 뿐, 왜 너는 새로운 생활을
열지 않는가? 새로운 생활은 어떻게 열어야 하는가? 재가
섞인 빗물 속에서 코코스야자가 부러지고, 쓸려가고, 너는
마스킹 테이프를 찢어 이름을 적는다 마지막 남은 유리창에
하나씩 붙여본다 피아노, 절삭기, 쓰레기, 불의 천사, 파쇄
기, 쓰레기, 너는 생각에 잠긴다 생각에 잠겨서 또다시 너
를 조금씩 파괴해나간다 파괴하는 기쁨, 파괴당하는 고통.

귤밭 사이로 내리는 눈송이

하얀 모래사장에 누워 있어, 풍화되면서, 조개껍데기 모서리를 밟아 발을 다친 사람처럼 쓰러져서 다시 일어서지 못하는 사람으로, 백 년의 시간은 나에게만 흘러서, 어떻게 하지? 팔을 들 수가 없어, 노력해볼세요 이것도 극복할 수 있도록 제가 노력해볼게요, 그런데 언제까지 힘을 내야 하지? 나는 가라앉으면서 노래를 불러요

귤밭 사이로 떨어지는 눈송이, 귤밭 아이에게 떨어지는 작은 눈송이, 눈이 오면 맞으면 되고 젖으면 눈을 감으면 되지요

나는 나의 노래가 마음에 들어서 다시 잠으로 빠져들지만 입안으로 모래가 쏟아지고, 모래를 뱉어낼 힘이 없고, 이러다가 저녁이 되면 몸을 일으킬 수가 없어서 그대로 내일이 되어버리겠지 잊고 있었는데 이게 바로 나야, 애원하는 자신을 보기 싫어서 숯으로 얼굴을 전부 칠한 채 상자 안으로 들어가버린 사람, 상자 안에서 불을 붙이는 사람, 그런 생각에서 벗어날 수 없을 때에도,

복도를 걸어오는 소리, 현관문이 열리는 소리, 너는 제과점에서 막 나온 우유식빵을 식탁 위에 풀어놓으며 손을 씻고, 냉장고를 열고 있구나 며칠 전 함께 사다놓은 원두를 갈아 커피를 내리면서 생각을 하고 있겠지 내가 일어날 때까

지 기다릴까 살짝 깨워볼까, 너는 다시 팬에 올리브유를 두
르고, 스크램블드에그를 만들고, 식탁을 차리는 소리, 그러
다가 잠깐 재채기를 하는 소리, 나는 그 소리를 들을 때마다
좋아해서 한 번도 안 웃은 적이 없었지

　그런 네가, 여기, 있구나

　코를 훌쩍이며 아유 참, 소리를 내고 티슈를 뽑아 코를 풀
고, 다시 손을 씻고, 도마를 꺼내 토마토를 자르는 소리, 한
결같은 그 소리가 여기 나와 함께 있어서, 너와 걸었던 차분
한 나날들, 네가 여기 있다는 차분한 믿음들, 귤밭 사이로
눈은 내리고, 귤밭 사이로 떨어지는 작은 눈송이를 올려다
보며 페어아일 니트를 입고 털장갑을 한 채로, 팔짱을 낀 채
로 조금 더, 이번 겨울이 올 때까지 조금만 더.

기차를 타고 밤 약속

밤안개나무바다, 바람은 이렇게 다가오는 거구나, 귀를 기울이다보면 떠나보낼 것들이 생각나는 거구나 눈도 깜빡일 수 없었어요 흘릴 게 너무 많아서, 이런, 나는 영영 사라지고 말 텐데, 실밥이 풀어지면서 마음이 지워지고 있었어요 전망 좋은 자리에서 조각 피자를 먹고 이야기를 나누기로 하자 풍경을 보며 그러다보면 누군가 내 옆에 나타날 줄 알았는데, 다만 밤안개나무바다, 당신은 어떤 사람이에요? 자갈돌들 사이의 얼룩점 박힌 새알이랍니다 섞여 있을 때는 감쪽같은데 손바닥 위에 올려놓으면 부끄러워 금방 깨져버리는, 그렇다면 밤과 바람을 불러야겠구나 금이 간 얼굴이 가려지도록, 부끄러운 농담이 당신 안쪽에만 머물도록, 풍경 너머로 들어가고 있어요 한 번도 이 많은 풍경을 가져본 적이 없어서, 내 것이라고 믿을 수가 없었어요 어둠 안에 둥그런 어둠이 겹쳐 있구나 둥그런 어둠 안에 또 그 안에, 밤안개나무들이 바다처럼 펼쳐지고 있구나 구부러진 채로, 하얗게 엉킨 채로, 끝내 말라가면서, 물을 더 주고 이끼를 올려주었어요 입술에는 꿀을 조금 발랐고요 매운 생강차를 먹고 찡한 코를 눌렀다가 창에 머리를 기대요 눈을 감고 가다보면 어디든 끝내 도착할 수 있을 거라 믿었어요.

7부

다이버 슈트를 입고 계속 잠수할게, 이번엔 내가

수목장

아직 누구도 밟지 않은 오솔길을 줄게, 마른 가지를 통과한 겨울 햇빛, 그 빛이 물결의 신비와 섞여 흔들리는 작은 길을, 방금 도착한 우리의 가쁜 호흡을 너에게 줄게, 눈 쌓인 산길을 한참 걸어 도착한 올빼미와 청설모의 숨소리, 청설모는 바스락 바람소리에도 자주 놀라 멈췄고 올빼미는 도통 걸어본 적이 없어서 느리게 걷던 순간들을, 느리게 걷는 우리를 아직도 사랑한다면, 못 걷는다고 혼만 나던 우리를 네가 잊은 적이 없다면, 너도 보았니? 며칠 동안 천장의 검은 얼룩을 바라보며 조용히 한숨짓던 우리를, 자꾸만 잠을 깨어 마루로 나와 새벽 달빛 속에서 문득, 얼룩이 자꾸만 번지는 것 같지 않아? 너도? 응 나도, 고개를 끄덕이던 우리를, 사라지는 모든 것이 무서워서 너를 보러 왔어, 절대 없어질 수 없는 한 사람을 떠올리며 밤길을 달려 도착했어, 네가 잠든 이곳, 잠들지 못하는 너를 다독여 재워주는 나무가 서 있는 이곳, '물결의 신비, 더 좋은 곳으로 가자' 주문처럼 외고 웃었던 너, 바닥 구슬과 빛의 깨어짐, 붓질이 환하게 휘어지면 앞뜰의 창문이 열리고, 플로럴 휴양지 원피스에 볼 캡을 쓰고 네가 있었지, 어디를 바라보고 있어? 분명 웃고 있는데 왜 모른 척 다른 곳만 보고 있어? 네 이름을 두 번 불러보는 우리, 북극여우야 북극여우야, 청설모랑 올빼미가 왔어, 겨울나무의 수피를 쓰다듬으며 네가 좋아한 노래를, 마른 휘파람을 번갈아 불어보는 우리, 북소리와 심벌즈가 만들던 너무 웃긴 연주도 잊지 않고 있지? 장난감 취

주악단의 연주에도 웃을 줄 알았던 너, 그때도 창문 없는 방에서 가라앉고 있었던 너, 미안, 네가 그 방에서 나온 줄 알았어, 네 반쪽이 여전히 그 방에 갇혀 있다는 걸 우리가 몰랐어, 어떻게 그럴 수가 있을까, 어떻게 그럴 수가, 우리가, 텅 빈 마음이 어디서 오는지도 모르는 채로 아파하며 기뻐하며…… 우리, 당당하고 각진 수목이 되기를 꿈꾸었지, 숲속 끄트머리 빈터 정도는 있을 거라 믿으며, '뭐래, 걱정은 그만, 물결의 신비……' 네 소리가 들려, 바람에 날아갈까봐 모자를 눌러쓰며 신나게 웃는 네 목소리가 들려, 가까이, 걱정 많은 우리 둘을 위해 걱정이 더 많았던 네가 선물한 걱정 인형들만 침대 밑에서 먼지에 덮여가는데, 다녀올게, 라는 네 말을 그냥 믿어버려서 미안해, '결심을 하자 마음이 너무 가벼워졌다'는 뜻이라는 걸, 그 마음을, 어떻게 우리가 그럴 수 있어, 어떻게, 너에게, 우리가, 오늘은 겨우 가방을 줄게, 네가 우리집에 놓고 간 에코백 안에 우리 마지막으로 다녀온 습한 나라의 동전을 가득 담아줄게, 거기서 같이 먹었던 호호미 소보로도, 십 년 뒤의 우리에게 쓴 엽서랑, 숙소 바깥으로 보였던 열대의 밤 풍경, 야시장의 버섯 스튜와 눈감고 느꼈던 바람도, 셋이 똑같이 나눠 가진 다이브 나침반도…… 모두 담아 이곳에 둘게 물결의 신비, 물결과 네가 오는 신비, 네가 이곳에 잠깐 같이 있어 우리들 콧등이 간지러운 거지? 잊으면 안 돼, 아무것도 몰랐던 바보 같은 우리를 잊으면 안 돼.

대저택, 울타리, 화원

높은 저택 뒤의 늦여름, 자정의 화원이 열리면 벽시계가
저절로 움직여요, 울타리 쪽문을 지나 황동 추가 흔들리는
간격을 따라 하나둘, 그리고 피어오르는 덩굴장미

아치를 가득 채울 만큼의 장미 길이 열리고 있어요 어두
운 손으로 향기를 쓸며 나는 아치 밑을 걸어가죠 장미 오일
을 손에 바른 사람이 되어 허공에 서로 다른 동그라미를 그
리면, 잔바람은 흘러나오고

감미로워라 모든 것이,
감미로워라 이 모든 손에 잡히지 않는 것들이

나는 비탄에 잠기는 법을 모르는 사람처럼 바람과 숨을 섞
어보기도 해요, 눈을 감고도 향기가 닿을 만한 야외무대로
만돌린 콰르텟의 연주자들이 등장하죠 콰르텟의 연주를 따
라 고개를 사선으로 기울이고 부싯돌 돌멩이랑 송곳고둥 같
은 것들이 잘게 부순 가루처럼 흘러내릴 때

믿을 수가 없어요 나의 모든 것을,
믿을 수가 없어요 모든 것이 우리들의 꿈속이라는 것을

불을 잃고 열매를 잃고 깃털도 잃은 채로 여기까지 왔지
만 강의 물을 끌어와 연못을 만드는 법 정도는 알고 있어요

자정의 안개 속에서 연꽃이 피어난 후로는 어제의 나로 있
을 수도, 다음의 나로 건너가지도 못한 채로 해시계용 돌 받
침대에 앉아 있겠지만

　이 긴 잠에서 깨어나면 다른 무언가로 바뀌어 있기를 바
라며 나는 아스피린 한 알을 미지근한 물과 함께 먹고 난 뒤
한참을 창밖만 바라보고 있겠죠

　희미하게 화원 별채의 문이 열리고 눈이 내리고 있어요
시계는 멈추는 법이 없고, 빅토리아풍 흔들 목마를 타던 아
이들이 뛰어나와 부러진 나뭇가지를 던지며 놀고, 모자이
크 타일을 구워내는 흑탄 난로의 불길들, 꺼지지 않는 나
의 불길들

　다하였어요 모든 것을,
　더할 수 없을 만큼의 나를 비로소 다하여보았어요

　레몬과 정향을 챙기고 있어요 이것들을 잘 구워내어 높고
활기찬 정원을 만들 거예요 장미의 모자이크 타일 길을 따
라, 더욱 윤기나게 짙어지면서,

병문안

우리가 자주 갔던 서촌의 이층 카페, 곧 없어질 거래 그 계절들의 화가와 빛으로 타오르는 그림도 더는 볼 수 없게 되겠구나, 연못과 숲, 초록빛 통로, 우리가 거기 창가 테이블에 앉아 거닐었던 소곤소곤 숲도 이제 사라질까, 우린 잠시 동안 말이 없었지 나는 한 번도 누굴 믿어본 적이 없어, 라는 말을 듣고 네가 나를 가만히 안아주었던 밤, 많이 무서웠구나, 네 목소리가 다시 나를 둥글게 감싸주었던 그 밤, 둘이 함께 처음 도착한 소곤소곤 숲을 맨발로 밤새 거닐었지, 나를 진지하게 만들지 마 그건 누군가 파놓은 함정 같고, 믿을 수 없는 구름다리 같은 거여서, 나는 오래 네 주위를 맴돌았어 사람들이 오고가는 로비에서 우린 남은 오후의 빛 속으로 손을 넣어 포개고 있지 다섯 손가락을 펼친 이만큼, 딱 이만큼의 자리에서 우린 살아온 것 같고, 그래도 괜찮아 우리가 이걸 부끄럽게 여긴 적은 없었으니까, 쿵쿵, 침범하는 소리, 쿵쿵쿵 남은 자들을 밀어내는 소리, 좋아했던 곳은 전부 없어지는구나, 좋아했던 사람도, 마지막까지 버티었던 우리도, 그래도 괜찮아 아직 내가 남아 있으니까, 오늘은 내가 너에게 건네줄 말이 있어 밤새 피워올린 스킨답서스 새잎의 연둣빛 테두리를 쓰다듬는 일, 깍지 낀 손을 놓지 않으려고 우스꽝스럽게 사람들을 피해 걷다가 음악회가 펼쳐지는 밤의 꽃집을 함께 찾아가는 건 어때, 사다리가 필요한 전면 책장을 앞에 두고 여기에 무슨 책을 채워넣을까 두런두런 상상해본다면? 탄산수와 자몽 젤리를 나눠 먹으

며 밤새 가장 쓸데없는 이야기를 나누는 일까지, 나는 아직
도 너와 그런 일을 해보고 싶어, 너의 성마른 눈이 세모꼴로
마름모로 흔들리고, 그럴 수가 있을까 우리가 정말 그럴 수
있을까? 바로크 정물화 속 멈춘 사과 같았던 네가 잠깐 고
개를 숙이고 얼굴을 돌리는 사이, 로비와 사람들 사이를 스
쳤다 사라지는 오후의 여린 주홍빛, 환자복도 잘 어울려 스
틱 밤으로 광택을 더한 것처럼 얼굴이 빛나네 하지만 너무
오래 입고 있지는 않아야 해, 다이버 슈트를 입고 네가 있는
그곳까지 계속 잠수할게,

　이번엔 내가.

별채의 밤

그런 소나무가 있대, 불에 타야 열리는 솔방울, 그 안에 씨앗을 숨겨놓는 소나무가, 그렇다면 소나무 씨앗이 처음 만나는 흙은 잿더미일 거라는 말,* 세상을 휩쓴 재앙이 아니면 열 수 없도록 자신을 삼옥에 가둬버린 솔방울의 이야기, 거기까지 밑줄을 긋고 너는 고개를 들어, 이곳은 너만의 구석 별채, 올빼미 망토를 두르고 여기까지 왔구나, 부싯돌로 캔들을 켜고 두꺼운 책의 페이지를 넘기다가 비로소 창밖을 내다보는구나, 사슴 모양의 부러진 장식들과 폐허의 돌담을 지나, 닫힌 곡물 창고를 끼고 왼쪽으로 방향을 틀면, 여기 구석 별채로 돌아오기까지 너는 긴긴 하루를 보냈구나, 비로소 일인용 책상 앞에 앉아 작은 숨을 내쉬며 주문을 왼다, 손톱 끝에 붉은 물을 남기고 흩어질 행복이여, 그 말의 잔광을 쬐며 너는 열중하고 있지, 정원 바깥에서 주워온 오색방울새의 깃털과 주머니 활자, 무늬조개의 껍데기들을 페이지 사이에 흩뿌리며, 한낮의 찌르레기와 산비둘기는 모습을 감추었지만 책상 위 캔들만 있다면 이 밤의 신비는 사라지지 않을 거라 믿으며, 오늘밤 너에게 연락이 닿지 않는다면 그건 네가 생각에 잠겨 있기 때문, 너는 자주 아픈 사람이지만, 망토 속에서, 깊은 눈매로 생각에 빠질 줄도 아는 사람, 여기, 밤 정원을 내다보다가, 페이지를 다시 넘기는구나, 혼자 있을 때는 웃지 않아도 되고, 눈 속의 올빼미 망토와 함께 솔방울과 무늬조개의 껍데기를 쓰다듬고 있구나, 눈과 눈 사이엔 부드러운 주름이 생길 거야, 손가락과 활자 사이

에는 포도줏빛 안개가 피어오를 거야, 모든 것은 덧없어도
한때는 찬란하다는 말**을 새기며, 잿더미 다음에도 씨앗을
피워올리는 소나무의 긴긴 이야기를 이리저리 완성해보고,
붉은 바위와 모래만 남은 땅을 걸어가면서도 끝내 멈추지는
않는, 한 사람의 뒷모습을 떠올려보기도 하고.

* "어떤 소나무는 불에 타야만 열리는 솔방울에 수년간 씨앗을 저
장한다. 이 씨앗이 처음으로 접촉하는 것은 잿가루일 것이다." 애나
로웬하웁트 칭, 『세계 끝의 버섯—자본주의의 폐허에서 삶의 가능
성에 대하여』(노고운 옮김, 현실문화연구, 2023) 중에서.
** "생은 덧없어도 한 사람은 찬란하다"의 변용. 김진영, 『조용한
날들의 기록—철학자 김진영의 마음 일기』(한겨레출판, 2023) 중
에서.

미래 시점

비단벌레 차를 같이 타고 싶었던 사람에게 선물을 건넸다 새로 나온 음반이야, 덧붙일 말이 많았지만 그 정도로만 말하기로 했던 결심을 잘 지킬 수 있어서 돌아오는 길이 자꾸만 늘어났다 대답도 없이 간략한 눈빛도 없이, 고개를 숙이고 걸으면 내가 나를 밀어내는 것처럼 옅은 멀미가 올라왔다

빙글, 길게 휘어졌던 여름의 구름과, 걸어들어가고 있구나 커튼 뒤의 하늘로, 여름의 복판으로

생도넛과 홍차를 먹고 천변을 걸었다 누가 시키지도 않았는데 잘못한 일들만 자꾸 생각났다 간판 없는 실비집에서 나를 야단쳤던 사람, 너에게는 결정적으로 빠진 게 있잖아, 그런 말을 듣는 일이 식물에 빛이 닿듯, 나를 일으켜세우기도 하였다 커튼 뒤에 아무것도 없으면 어떻게 하지? 고장난 만화경의 무늬들처럼 지난날은 깨어져서 영원히 밀려갔다 밀려오고

그칠 새가 없었던 참매미의 울음, 방학이 되어버린 서가를 서성이다보면 책보다는 책등에 새겨진 제목들을 읽어나가는 게 좋았다 이건 파랗고 이상해, 모든 게 싫어지고 미워지고 가라앉고 다시 더 가라앉고, 돌아보면 아무도 없는 게 맞는 거고 모든 결속은 없는 거고, 너는 모든 것과 아무도

를 좋아하는구나 귀에 닿는 소리가 무서워서 눈을 크게 뜨
면 쌀벌레가 나방이 되고 말라가기까지의 일생이 전부 보
이는 것 같았다

나에게도 무슨 일이 일어날까? 이야기를 만들어나가는 건
인물들의 고통이래, 고통 속에서만 모든 이야기가 진행된다
면 나는 어떻게 해야 하지, 이제부터는 무서운 일뿐일 텐데,
가름끈으로 표시해둔 문장들에 기대어 쪼그려앉았다가 일
어서면 빙글, 흔들리며 세상이 잠깐 나를 놓쳐서 멍이 든 것
처럼 온몸이 아파왔다

그래도 된다면,

미래의 나는 돌아오고 싶어할지도 몰라, 방학이 끝나도
록 아무도 돌아오지 않는 이 여름으로, 밤에도 들을 수 없
던 소리들이 한낮의 귓가에 무수히 들려오는 커튼 뒤의 여
름으로,

발코니가 두 개인 집

중문을 열면 거실 창 너머로 어떻게 이렇게 가득할 수가 있지, 나무가, 남은 가을빛과 다가올 겨울의 흔들리는 잔상으로, 달항아리처럼 둥근 빛의 너울과 함께 거기에, 우린 아무 소리도 못 내고 앞서고 또 뒤를 이어 거실로 들어가, 나무 마루와 연회색빛 카펫의 채도가 부서진 마음을 위로하고 있구나, 발끝에 닿은 빛 너울에 인사하듯 몸을 적셔가면서, 입안 가득 과일 향미가 녹아 있는 히비스커스 티를 마시는 것처럼, 나는 발그레해진 뺨으로 거실 창문을 열어, 어쩜 발코니가 두 개인 집도 있구나, 두 사람이 충분히 오갈 수 있을 것 같은 공간, 어닝 아래 둔 낡은 의자에 앉으면 밖에서는 아무도 우리를 볼 수 없을 것 같지, 왼쪽에서 오른쪽으로 같이 고개를 돌리며, 코트를 치켜올리며 걸어가는 사람들의 뒷모습과 언덕길에 드리워진 긴긴 그림자를 따라가보는 우리, 색깔이 다른 계단처럼 단차를 두며 물들어가는 단풍의 무수한 빛들 속에서, 나무들의 숨을 같이 나누어 마시면서, 발코니 벽돌에 등을 기대고 활짝 열어둔 창문 안 서늘한 집안을 다시 들여다보는 우리, 파란 타일을 붙인 주방 아일랜드 식탁은 다이닝 테이블로 쓸 수 있을 테지, 테이블 위에서는 근처 시장에서 사온 방울토마토를, 발사믹 식초와 설탕에 재워 매리네이드로 만들 수 있을 거야, 냉장고에 넣어두었다가 하나씩 쏙쏙 꺼내 먹으면 한쪽 눈을 찡그렸다가 웃으면서 우리의 시간은 잘도 흘러가겠지, 거실 한가운데는 한번 등을 기대면 절대 일어설 수 없는 소파를 두자, 네 통통한 다리를 내 무릎에 올린 채로 빛이 어떻게 들어왔다 사라져가는지 지켜보다보면 창문 바람이 만든 박자를 따라 커튼에 감싸여 둥그레진 소리들이 실내로 스며들어오겠지 천천히, 천천히, 우리들 침실은 다행히 북향이어서, 바깥의 소리가 거기까지는 닿지 않을 거야, 벽지와 책들은 이곳을 떠날 때까지 제 빛깔을 잃지 않을 거고 우리는 차츰 이 집을 우리들의 냄새로 채워나갈 테지, 한때의 우리가 자신밖에 모르는 사람이었던 건 벽장과 침대보의 주름 속에 감춰두기로 하자, 북쪽 침실은 여름엔 시원하게 우리의 잠을 지켜주고 겨울엔 쪽창 가득 시리고 청량한 하늘을 보여줄 거야, 우리가 보낸 이 집의 시간은 영영 닫히는 법이 없겠지, 정오를 넘겨서까지 긴긴 잠을 자는 주말, 언덕길 초입의 쌀국숫집에서 포장해온 겨울 음식들을 함께 나누어 먹고, 다시 발코니에 앉아 파스텔 볼풀 속에 깊이 빠진 사람들처럼 눈을 감은 채로 집을 둘러싼 나무들과, 그리고 점점 바삭해지는 나뭇잎과…… 축축한 흙에 뿌리내린 오후의 향기를 맡으면서 조금씩 늙어갈 테지, 그래, 우리도 이런 집에 살 수 있는 날이 올까, 여기가 어딘지는 누구에게도 말하지 않을 테지만,

끝말잇기

잘라낸 적이 없는데 무엇이 흘러나오고 있지? 사선으로 기운 저녁과 꼭짓점, 현관문을 열고 내가 돌아왔어 태엽이 다 풀린 인형처럼, 다녀왔습니다 중얼거리면, 대답도 없이 나보다 더 깊이, 거기 네가 기울고 있구나, 각진 세모꼴, 저녁 빛의 끄트머리로 떠밀리면서, 나는 신발을 벗으면서도 너만 바라봐, 그 좁은 의자에 몸을 전부 모은 채로, 초점 없는 네 작은 눈동자가 홀로 부서지고 있었구나, 언제부터 거기 있었던 거야? 나는 알고 있지 오늘 하루도 네가 겨우 버텼다는 것을, 겨우, 숨을 아예 놓지는 않으려고, 어떻게든 포기하지는 않았다는 것을 세상에 증명하려고 차가운 바닥에서 목소리를 높였다는 것을, 나는 너에게 다가가, 코트를 벗지도 않고 네 얼굴을 감싸며 너를 안아, 차갑고 비린 불의 냄새, 완전연소를 끝낸 재의 냄새, 사방에서 흙은 무너지고 늪은 짙은 안개 속에 묻혔겠지 너무 높은 건물 앞에 만든 작은 텐트 정도는 언제든 바람 속에 날려갈 수도 있겠지, 언니들과 네가, 눈과 진흙과 늪의 안개에 뒤섞여 가라앉는 소리, 여기는 어디인데 우리는 그저 떠밀려 내몰리고 가라앉는 걸까, 목이 쉴 때까지 외쳐도 그걸로는 부족하다는 말을 들으며, 어금니를 오래 깨물어도 들어주는 사람은 없는 거리에서 밤을 세우고 마침내 가진 모든 걸 태워버렸구나, 나는 기다려, 천천히 네가 내 허리에 손을 두르고 겨우 숨을 쉴 때까지, 그러다가 문득 말을 건네지, 지금부터 우리는 고장난 온기, 내 눈을 마주치며 네가 말을 받지, 기침소리로 가득한 중학교 뒷마당, 당근을 졸이는 달콤한 냄새, 새가 모두 죽어버린 공원묘지, 지나치게 쨍한 색감, 우리는 말과 말들을 이어나가, 둘만의 규칙을 따라 잘린 어둠 속에서도 우연히 가장 쨍한 말들이 흘러나올 때까지 우리만의 끝말잇기를 계속해, 네 속이 텅 비어 있으면 내 곁에 남아 있는 말들을 이어붙이며, 내가 텅 비어버리면 네가 포기하지 않은 말들에 기대어, 이유 같은 건 떠올리지도 않고 말들을 이어나가, 다시, 근본 없는 낙서, 서로를 살리는 신비한 저주, 주말에만 문을 여는 카페의 좋아하는 창가 자리, 이젠 모든 사람에게 안녕, 영원과 러브 앤 호프! 됐지? 여기서 멈추면 오늘밤은 견딜 수 있겠지, 너는 그제서야 나를 보고 웃고, 다시 옷을 챙겨입고, 거리로 나갈 준비를 해, 한숨 자고 나가라는 말에도, 언니들이 기다려, 영원과 러브 앤 호프를 나눠주러 내가 나가봐야지, 나는 보온병에 따뜻한 커피를 담고, 미니 샌드위치를 챙기고, 커다란 가방에 핫팩을 챙겨서 너에게 둘러메주지, 양쪽 끝이 꽉 묶인 비닐 속 금붕어처럼 막막할지라도, 우린 서로를 씩씩하게 만드는 사람, 한쪽이 무너지면 돌아가며 등을 내어주면 되니까, 너는 다시 반달처럼 웃으며 현관문을 나서지, 오늘밤은 사슴뿔의 위엄으로, 부디.

미미하고 소소한, 그래도 우리

시끌벅적 말하는 것을 별로 좋아하지 않아서 글을 쓰는 사람이 되었지만, 말한다 해도 끝끝내 설명할 수 없는 어떤 것을 남겨는 놓고 싶은 마음으로 시인이 되었다고 말해도 좋겠다. 이를테면 내 존재가 점점 희미해지는 것처럼 느껴지는 어떤 순간들. 너무 지워져서 존재가, 존재라는 낱말이 낱개의 활자로 분리되어 녹아 바닥으로 스며드는 것을 본 것 같은 심정일 때. 걸어가는 내내 희미해진 존재가 끝까지 살아나지 않아서 숨이 잘 쉬어지지 않던 순간들. 세 명이 쓰는 방에 한 명을 더 집어넣어서 숨이 막혔던 시간들. 제발 숨쉴 공간은 남겨달라고 요청했더니 일고의 가치도 없다는 듯 안 된다는 답변만 돌아왔을 때. 아무도 들어주는 사람 없는 어찌할 수 없음 앞에서 차라리 마음을 닫아야 했던 순간들. 땅바닥에 짓이겨진 오디 열매 자국을 눈으로 좇으며 검고 붉은, 아니 검은색이 더 짙은 붉은색의 처연함을 내내 바라만 보았던 순간들. 추석 상여금으로 오천원짜리 상품권 한 장을 받았던 순간들. 그것이 나와 같은 직위의 사람들에게만 있었던 일임을 나중에 알았던 때. 겨울의 한기가 내려앉은 쓸쓸한 집들의 지붕과 건조한 보라색 노을과 자동차가 모두 멈춰 있던 사거리의 풍경을 다시 볼 수 있을까 스스로에게 물었지만 답을 얻지 못하고. 그럴 필요가 없었는데도 아무도 마주치지 않을 일요일의 밤시간을 골라 짐을 빼던 날, 로비의 불빛과 가로등 말고는 누구도 배웅해주지 않는 길을 나오던 순간들. 너무도 길었던 시간들.

아무리 난방을 세게 틀어도 추위가 가시질 않아 먼저 그 공간을 떠난 사람이 남겨준 중고 히터를 틀고 손과 발을 번갈아 녹여야 했던 순간들. 공간을 옮겨오는 동안 내 유일한 친구였던 작은 스킨답서스 화분이 얼어죽을까봐 아침에 방에 들어서면 이파리부터 매만지며 봄을 기다렸던 순간들. 한 공간의 파티션 건너편 사람에게 방해가 될까봐 미온수와 바나나를 먹고. 다시 바나나와 미온수를 먹고. 멍하니 흰 벽만 보며 흘려보내던 시간들. 여름이면 너무 더워서 해가 지기만을 기다리다가 그래도 더위가 가시지 않아 뒷산 오르기를 선택했을 때. 파노라마처럼 멀리까지 내다보이던 겨우 차분해진 저녁과 잔잔했던 공기들. 오직 그 순간만이 주었던 잠깐의 위로들. 때로 어떤 사람의 친절은 내가 누군가의 호의에 기대어서만 겨우 잠정적 성원권을 인정받을 수 있는 선 밖의 사람임을 끊임없이 확인하게 하는 과정이었음을 깨달았던 순간들. 그런 내색을 하면 싫어할까봐 말할 때마다 검열하고 움츠러들었던 순간들. 상대방이 그것을 내가 '긍정적이고 착한 사람'이어서라고 해석하고 있음을 알았을 때의 감정들. 전화 걸 사람을 찾았지만 끝내 통화 버튼을 누를 용기가 없어 화면을 닫으며 갈라진 입술만 깨물었던 순간들. 이런 기억들은 얼마나 미미한가. 얼마나 사소한가. 너무 미약해서 한 인간의 몸속에 흔적으로 남을 뿐 어떻게 말해도 이해받지 못할 사람의 기억들은 대체 어떻게 그 육체 안에 태연하게 보존되는 걸까. 시간이 흐르면, 시간만 흘러가면, 정말 모든 것이 아무렇지 않게 되는 걸까……

어빙 고프먼의 견해를 빌려 김현경은 이렇게 말한다. 사람이 된다는 것은 '자리' 혹은 '장소'를 갖는 것이라고. 사람은 태어나면서부터 평등한 것이 아니라 어떤 의미에서는 타인의 환대에 의해 사회 안에 들어가 그의 장소를 갖게 될 때야 비로소 사람이 된다고. 환대는 자리를 주는 행위이고 우리를 사람으로 만들어주는 것은 인간에 대한 추상적인 관념이 아니라 실은 우리가 매일매일 다른 사람들로부터 받는 대접이라고.[1] 환대받지 못한다는 것은 머무를 장소를 박탈당한 사람이라는 뜻이기도 하다. 대놓고 몰아내는 사람이 없었다고 해도 일상의 모든 순간에 내가 받은 '대접'은 나에게 끊임없이 이곳은 네가 있을 곳이 아니며 너는 여기에 있을 자격이 없다는 신호를 주고 있었다. 서른 살 이후 스무 해 정도를 계속 그렇게 살았다. 그 시절의 나는 환대받지 못한 자였다. 한 존재를 반쪽짜리 인간으로, 혹은 아예 인간으로 대접해주지 않은 공간에서 그나마의 성원권을 허락받을 수 있는 방법은 비인간이기를 수용하는 길이었다. 왜 싸우지 못했는가. 왜 늘 비겁해야만 했을까. 생존을 위한 굴욕은 어디까지 인정해야 하는 걸까. 나는 한번 도망쳤지만 멀리 도망가지는 못했고, 도망간 곳에서도 그렇게 길들여지고 있었다. 환대 없는 나날의 감각 속에 너무 오랜 시간을 지내

---

1) 김현경, 『사람, 장소, 환대』, 문학과지성사, 2015, 26쪽 참조.

다보면 많은 것을 포기하게 되고 이것과 저것, 저것과 이것을 구별하는 능력을 점점 잃을 뿐 아니라 여기 밖의 것을 상상하지 못하는, '장소를 박탈당한 유령'이 되어버린다. 그는 살아 있는가. 그가 살아 있다고 말할 수 있는가. 문제는 이런 것이다. 만약 그 사람이 끝내 성원권을 획득하지 못하고 공간 밖으로 떠밀려나면 그의 존재, 그의 모든 기억은 아무것도 아닌 것이 될까. 만약 그 병들고 박탈당한 사람이 천신만고 끝에 성원권을 획득하면 그 장소는 면책되고, 모든 기억은 깨끗하게 소멸되며, 그는 행복한 사람이 되는 걸까. 그럴 수 있을까. 그래도 될까.

이 깊이 없는 얄팍한 세계에서, 그것이 결코 그리되어서는 안 된다는 생각으로 겨우 조금 힘을 내어 시를 쓰던 시절들이 있었다. 꺼져가는 희미한 존재의 마지막 목소리 정도는 남기고 싶었다. 아무리 말로 표현해도 다 표현되지 않는 순간의 감정과 감각들. 앞서 쓴 저 거친 문장들이 절대로 모두 담아내지 못하는 이 무수한 경험과 기억들과…… 병에 든 차가운 주스, 바다 라벤더의 향기, 빈티지 과일 머신의 촉감, 장미 풍뎅이와 녹색 보석, 종이 목마가 흔들리는 시간, 부러진 오일 파스텔과 빛, 얼린 홍시와 겨울의 냄새, 애기동백 숲과 섬, 라탄 바스켓과 잘 마른 빨래들, 버섯 모양 무드 등, 레몬과 정향, 자정의 화원과 신비, 다이버 슈트를 입는 꿈, 사슴뿔의 위엄과 같은 단어들 혹은 그 단어들이 만들어내는 문장과 위안들. 잠시의 위안들에 기대어. 나는 약간의 생명을 연장해나갔다.

그 속에서 겨우 존재의 의미를 상상해보았지만 그것도 불가능해지는 날에는 정말 일어날 수가 없었다. 아침에 눈을 뜨면 다시 하루가 시작되는 것이 막막하고 무서워서 도저히 몸을 일으킬 수 없었던 순간들. 너무나도 압도적인 거대한 하루를 어떻게 살아내야 할지 답이 없었다. 다만 그런 순간에도, 내가 누워 있는 공간은 딱딱하게 정지되어 있어도, 집안의 또다른 공간은 존재와 생명이 빚어내는 활력과 생활소음, 농담과 소소한 대화 들로 '움직이고' 있었다. "왜, 무슨 일이 있어?"라고 언제든 안색을 살펴주는 존재들. 때맞춰 케이크를 자르고 소박한 음식을 나눠 먹고. 그를 지켜주는 든든한 존재가 되지 못해 아파하던 순간들. 어떤 순간에는 나보다 더 나를 위해 울어주는 사람들. 내가 고통받는 것은 괜찮지만 나를 사랑해주는 사람들을 슬프게 하고 싶지는 않았다. 잠시 슬프게는 하더라도 계속 슬프게 만들고 싶지는 않았던 마음들. 반쪽은 죽었지만 반쪽은 겨우 살아 있을 수 있었던.

숨쉬고 손잡고 이야기 나누고 포옹하고 슬퍼하고 음식을 만들어 먹이고 격려받고 선물을 건네고 편지를 쓰고 편지를 받고 농담으로 웃기고 농담을 할 줄 아는 사람이 되고 아름다운 것을 함께 보고. 서로를 살리고 돌보면서, 서로를 '대접'하면서, 그렇게 함으로써 "받아들인다는 것은 포기한다는 것과 완전히 다르다. 받아들인다는 것은 내 인생에서 나

의 힘으로 어찌할 수 없는 부분이 존재한다는 것을 인정하
지만, 그것이 단지 내 인생의 작은 조각이 되도록 하겠다는
것이다"[2] 와 같은 말도 그냥 흘려보내지 않을 힘이 생겼다.
받아들이지만 포기하지는 않으면서. 포기하지 않기 위해서
라도 책을 읽고 시를 쓰면서. 불평등, 소외, 계급, 젠더, 노
동이라는 말에 내가 조금이라도 민감성과 부채 의식을 가지
고 있다면 내 몸에 남은 이 미미하고 소소한 시간의 상흔들
때문이다. 물론 지금도 여전히 나의 반쪽은 입구만 있고 출
구는 없는 4.5층 어딘가에서 말없이 바나나를 먹고 미온수
를 마시며 스킨답서스 화분을 돌보고 있을 것만 같다. 그 생
각만큼은 도저히 지워지지 않는다.

그리고 여기 반쪽은 또 이런 생각을 한다. 누군가 읽어줄
사람이 있겠지. 그때는 내가 이렇게 겨우 살아 있었어, 라
고 말할 수도 있겠지. 나는 과거를 불러와 현재에 되살렸고
현재를 기록하여 미래에 남기고자 하였다. 미미하고 소소
한, 또다른 '우리'를 떠올리며. 그런 우리들에게도 나의 메
시지가 가닿기를 바라는 이 완전한 마음으로. 먼저 떠난 사
람이 남긴 문장을 되뇌어본다. 그리고 입술 밖 너에게 건넨
다. **"물결의 신비, 우리 더 좋은 곳으로 가자."**

---

2) 임세원, 『죽고 싶은 사람은 없다─임세원 교수가 세상에 남긴 더
없는 온기와 위로』, 알에이치코리아, 2021, 153쪽.

모니카를 위하여
—#타자적_일인칭 #자유간접화법 #서정적_주체의_퀴어함

전승민(문학평론가)

1. 이제, 각성의 시간

어떤 괴로움은 소용없이 나타나고 또 사라지기도 하지만 고난받는 이가 자신의 시산을 고통으로 호명할 때, 그것은 사람을 변화시키는 재귀적인 에너지로 변모한다. 박상수의 다섯번째 시집 『메신저 백』은 드디어 그 임계점을 마주한 자의 기록이다. 낙담과 실망, 좌절과 슬픔 안에서 속절없이 헤매는 자의 운명은 그 부정성의 총체가 내파되는 단 하나의 좌표에 도착한다. 첫 시집 『후르츠 캔디 버스』(천년의시작, 2006)[1]부터 『숙녀의 기분』(문학동네, 2013), 『오늘 같이 있어』(문학동네, 2018) 그리고 네번째 시집 『너를 혼잣말로 두지 않을게』(현대문학, 2022)는 시가 그 과정을 경험하는 여정이었다. 그리고 이제, 『메신저 백』의 시적 주체는 자신의 운명을 드디어 직시하기 시작한다. 자기 연민으로 비만하게 부푼 세계의 부피는 망실되고 실망이 절망으로, 슬픔이 고통이라는 에너지의 층위로 올라서는 변화의 도래를 이 주체는 감지한다. 그의 시가 발산하는 아름다움은 바로 그 역동적인 겪어냄의 과정 자체에 있다.

어쩌면 독자는 시의 표면이 드러내는 아름다움만으로도 충분히 만족하며 머무를 수 있을 것이다. 그러나 타자와 세

---

1) 절판되었던 『후르츠 캔디 버스』는 문학동네포에지 시리즈로 2020년에 복간되었다.

계와의 관계로부터 휘몰아치는 소용돌이를 통과하며 내면
으로 이행할 때, 독자는 아름다움을 감상하는 소극적인 탐
미주의자에서 벗어나 세계를 여러 실존이 경합하는 야생의
격전지로 대우하는 탐험가가 된다. 그렇기에 박상수의 시를
읽는 과정은 시를 읽고 쓰는 일이 단지 문학의 자유로움을
자의적으로 향유하는 일이 아니라 우리 안의 타자성을 직접
살아내는 과정임을 깨닫는 하나의 사건이 된다.

특히, 박상수의 시세계에서 '남성 시인'이 재현하는 '여
성 화자'를 읽는 일은 2010년대의 페미니즘 리부트를 통과
한 이후의 시 독자들이 처한 난관과 긴밀하게 맞물리는데,
이는 남성성과 여성성이 맞붙어온 대립과 불화의 역사를 명
확하게 인식하면서도 그것에 매몰되지 않고 그를 넘어서는
새로운 젠더 관계의 미래를 상상케 할 변곡점을 제공한다.
이러한 맥락 안에서, 박상수의 『메신저 백』은 남성성과 여
성성의 구도가 가해와 피해의 구도만큼이나[2] 그 역도 매한

---

2) 남성성의 세계에서 발휘되는 폭력은 그의 시세계가 일관되게 추
적하는 것이자 시적 주체가 지닌 세계 인식의 기반이다. 예컨대, 『오
늘 같이 있어』에 수록된 시 「오작동」과 「이해심」은 남성 동성사회
에 속한 내부자로서 화자가 경험하는 폭력의 드라마를 생생하게 그
린다. 그가 시 속에서 경험하는 피해자성은 섣불리 '여성'만의 것
으로 치환될 수 없는 정체성이며, 이에 따라 피해자로서 화자가 경
험하고 재현하는 폭력에 내재한 젠더 역학과 지배 질서는 단지 남
성 또는 여성의 이항 대립을 강화하는 데 기여하지 않고, 바로 그
지배 질서 자체를 지휘하는 헤게모니적 남성성의 폭력성을 다각도

가지로 입체적으로 얽혀 있다는 성찰에 도달하게 한다. 가령, 그의 화자를 남성으로 상정할 때 느껴지는 기묘한 여성성이나, 역으로 화자를 여성으로 간주하며 읽을 때 감각되는 이질적인 남성성은 인간의 젠더와 섹슈얼리티가 '판정'되는 대상이 아니라 삶의 매 순간 낯설게 틈입하는 사건임을 드러낸다. 박상수의 시를 젠더적 관점으로 독해한 기존의 논의가 간과한 부분은 남성성과 여성성이 교체되는 시 내부의 좌표가 하나의 경험적 사건이 되어 시적 주체, 나아가 내포 저자로서의 시인에게도 재귀적으로 작용한다는 점이다. 이러한 맥락에서 『메신저 백』은 시가 행하는 성찰이 단지 표면의 재현에 머무르는 것이 아니라 그것을 쓰고, 읽는 주체의 삶을 재구성하는 상호적인 수행으로서 발휘되는 공동의 반성임을 알게 한다.

물론, 혹자는 시적 화자와 그의 시선에 담긴 나르시시즘, 주체와 타자, 그리고 세계를 미학화하는 태도가 오히려 그러한 수행의 작업을 차단하는 기제라고 말할 수도 있을 것이다. 그러나, 박상수의 시적 주체가 드러내는 자기애는 타자를 일인칭의 세계로 동화시키려는 폭력적인 힘이 아니라 정반대로, 그 폭력을 조금도 정당화할 수 없다는 문제의식을 형상화한다. 이때 헤게모니적 남성성이 구축한 정상성의

로 심문한다.

폭력적인 세계[3] 안에서 마주하게 되는 남성성과 여성성, 그리고 가해와 피해의 양가적인 차원 모두를 오가는 괴로움은 단지 순결한 마음을 지닌 화자가 내몰리는 센티멘털한 고난의 시간이 아니다. 화자가 지닌 윤리적 자질을 부각하여 그의 순정함과 무결함을 변호하는 장치 역시 아니다. 그것은 자신이 사랑해 마지않은 이 세계가 파국으로 치닫는 것을 어떻게 해서라도 막아내고자 하는 실천이 난관에 부딪치면서 더욱 강렬히 욕망되는 각성의 시간이다.

2. 여름의 헤테로토피아, 사랑하는 법을 잊지 않으려고 무한히 연습한다

시집을 여는 1부의 제목이 '깊이 없는 세계의 빈티지 과일 머신'임을 보며 우리는 그의 첫 시집 『후르츠 캔디 버스』의 '후르츠'를 단번에, 공교롭게도 최근 그가 발표한 비평의 문제의식이 '깊이 없음'이었다는 사실을 뒤이어 떠올리게 된다. 그는 최근 한국시가 유독 '여름'이라는 기호에 천착하는 경향을 두고 "여름 팬데믹"이라 불러도 손색없을 상황으로,

---

3) 이 책에 수록된 시 「세계의 구조」에서 형상화되는 '대형 공장'은 시적 주체에게 '방'을 할당하고 '집합소'를 통해 주체의 행위를 일률적으로 관리하며 통제·규율하는 장소라는 점에서 헤게모니적 남성성을 생산하는 장치인 '군대'를 환기한다("내가 없어도 빈틈없이 관리되고 있다는 사실이 신기하다").

그것은 "과거 자체가 아니라 과거성의 스타일을 현재의 욕망에 맞게 재조립한 시뮬라크르"[4]의 '깊이 없는' 노스탤지어라고 비판적으로 읽는다. 미지의 야생으로서의 미래를 환대할 여력이 없는 동시대 주체들에게 지나간 과거의 아득함은 (심지어 그것이 구체적으로 경험될 수 없는 것이라 하더라도) 부드러운 위로를 제공할 영원의 시간으로 화한다. 이러한 진단은—한 번도 살아보지 않은 미래의 불확실성이란 공포와 두려움과 동의어인 동시에, 이미 경험했기에 모두 파악되고 통제 가능한 것으로 여겨지는 과거가 주체를 보호해줄 가장 강력한 안전지대(shelter)가 된다는—동시대 주체들의 보이지 않는 합의를 내포한다.("미래에 도착해서 나는 과거를 지켜본다 이미 도착해서 과거의 내가 걸어오는 모습을 지켜보고 싶다 무미건조하게, 어떤 기대도 희망도 없이, 그러면 실패한 기분이 사라질까",「증명할 수 없는 사람」)

이는 비단 한국시만이 경험하는 고유한 난관이나 한계라기보다 신자유주의가 그 어떤 역사적 제국주의보다 위력을 떨치고 있는 지금, 동시대 청장년 세대가 공동으로 행하는 한 가지 방책에 가깝다. 가장 확실한 승리란 전투 자체를 모면하는 일이라는 회피의 방법론이자, 미지의 미래를 개척하

---

4) 박상수,「영원한 베타 테스트로서의 여름—최근 한국시에 나타난 '포스트세속주의'의 한 경향에 관하여」,『문학동네』2025년 가을호, 91쪽.

고 불안에 맞서 싸우는 것이 아니라 그로 인해 발생할 갈등으로부터 정반대의 방향으로 달아나는 일. 이는 현재에서 미래로 나아가며 새로운 무엇을 발견하는 것이 아니라 과거를 되풀이(replay)하여 현재와의 루프를 생성하기, 그리고 이렇게 재상영되는 과거를 현재의 일부로 반복해서 기입하는 작업이다. 그러나 이것이 미래의 시간을 현재로 미리 통합하여 새로운 역사성의 창출을 막아서는 '깊이 없음'에 기여하는 것을 안다 해도, 그 달콤함을 뿌리치기란 매우 어렵다. 그리하여 '여름'은 거듭하여 재생된다. 시간의 흐름에도 불구하고 현실이 잔혹한 추위와 공허로 가득찬 겨울일 때, 우리는 온기를 넘어서는 열기의 시간, 초록의 이파리들이 생동하는 여름을 그 어느 때보다 적극적으로 상상할 수밖에 없다. 이처럼, 최근의 한국시들이 유독 '여름'을 사랑하는 것은 무력한 현실도피라기보다 현실의 살벌함에 맞서는 헤테로토피아를 창안하기 위한 몸짓으로 읽힌다. 그 무엇도 낙관할 수 없는 현실 속에서 대안적 공간을 발명해 그 안에서 무람없이 사랑하고, 욕망하고, 타자와의 관계성을 넘나들며 현실에서 발화하지 못한 말들을 거리낌없이 말해보는 행위는 단지 소극적인 것으로만 진단될 수 없다. 더는 희망을 품거나 낙관할 수 없는 세상 자체가 문제라기보다 (물론, 그것도 중요한 현실 인식이지만) 더는 낙관할 수 없음, 사랑할 수 없음, '너'와의 연결을 욕망할 수 없다는 부정성 자체가 문제인 것이다.

말하자면, 박상수의 시를 포함하여 최근 한국시들이 '여름'으로 대표되는 가상공간을 생성하는 것은 그것이 지닌 과거로서의 시간성에 자발적으로 매몰되고자 하는 신자유주의적 자발성에 기초하지 않는다. 이 시대가 전례 없는 잔인무도함을 발휘한다면 그에 대항하는 주체들의 행위가 내보이는 외양 또한 변천한다는 점을 간과해선 안 된다. 시집의 1부가 그려내는 여름은 이에 대한 문제의식으로 한껏 고양된 세계다.

베란다에 모기향을 피우고 스프라이트를 마셔요 풀장 위로 떨어지는 빗소리, (……) **여름 저녁**의 향신료 냄새, 길은 잃는 것이라지만 돌아오고 싶을 때 돌아오는 방법까지 잊었다면 그땐 어떻게 하죠? 답을 기다려보지만 여기에 그런 건 없어요, (……) 무르익는 밤, 탄성과 웃음소리가 새어나오는 밤, 칠이 벗어진 보안등과 선베드와 조개껍데기만한 나방들이 **이 깊이 없는 세계를 채우고 있죠** 나는 말이에요 **실감이 없어요** 유리병 속 세계에서 이만큼의 미래를 내다볼 뿐이죠 그러다가 네, 좋아요 뭐든지, 취한 듯 말하면 누가 등을 토닥여줄 것 같았어요 **빈티지 과일 머신**에서 열대열매즙을 가득 따라서 내게도 나누어줄 줄 알았어요, 내 마음처럼 당신 마음이, 내 마음처럼 유리병 속 세계가 어쩌면 흔들릴 수도 있다고 믿었어요 하지만 나는 여기 있죠 **말린 식물들을 유리 액자로 걸어둔** 방 (……)

그렇게 믿으면 어떤 감정은 점점 투명해지는 거예요 혹은
릴라와디, 릴라와디, 스프라이트에 취해 빙글빙글, 저는
무해하고 아주 달아요, 그렇게 중얼거려보죠

—「착한 사람」 부분[5]

벌랜트는 신자유주의 시대를 살아가는 주체들이 미래를
향해 품는 기대와 희망을 두고 '잔인한 낙관'이라 말한다.[6]
애착과 결부되는 이 낙관은 우리가 안정된 가족 관계, 민주
적인 정치체제와 시장 등을 소망할 때, 그 애착의 대상들이
역으로 좋은 삶을 가로막는 가장 큰 방해물로 변하면서 잔
인해진다. 요컨대 잔인한 낙관이란 애착의 대상 자체가 더
는 좋은 삶을 보장하지 않을 뿐만 아니라 그 좋음을 막아서
는 폭력이 되고 마는 국면 속에서 (그리고 그 사실을 알면
서도) 주체가 그 대상과의 애착 관계를 단절하지 못한 채 계
속 매달리게 하는 정동의 구조를 말한다. 『메신저 백』의 화
자가 시종일관 경험하게 되는(경험'한다'는 능동형이 아니
라 피동형으로 서술하는 이유는 세계가 화자의 욕망과 선택

---

5) 강조는 인용자. 이하 인용하는 시의 강조는 모두 인용자.
6) "잔인한 낙관이란, 삶의 재생산을 위한 전통적인 토대가—직장
에서, 친밀한 관계에서, 정치에서—위협적인 속도로 부서져가고 있
기에, 답보 상태에 머무르는 것 자체가 이제 많은 이들에게 일종의
희망 사항이 되었을 수도 있다는 이야기다."(로런 벌랜트, 『잔인한
낙관』, 윤조원·박미선 옮김, 후마니타스, 2024, 15쪽)

으로 초래된 결과가 아니라 화자의 의지와 무관하게 일방적으로 피투된 차원이기 때문이다) 실망감은 바로 이 잔인한 낙관의 정동적 흐름 안에 놓여 있다. 자신이 원하는 세계의 역동성, 그리고 이전에 분명 경험한 적이 있는 찬란한 "빈티지 과일 머신"(『후르츠 캔디 버스』)이 더는 작동하지 않는다는 화자의 현실 인식은 그 잔인함을 '깊이 없는' "유리병 속 세계"와 등치시킨다. 화자가 문제시하는 '깊이'의 부재는 타자와 접속할 수 없는 현실의 구조—'너'와 '나' 사이에 놓인 투명한 유리가 스크린이 되고 그리하여 서로의 존재를 확인할 수는 있지만 "실감이 없"는 원자적인 공존에 머무르는 답보 상태를 뜻한다. 가령, "창문 없는 방의 책상" 앞에 앉아 "커다란 텍스트 마블링 유리창"(「서촌 일요일 독서회」)을 만드는 화자의 모습은 언뜻 그저 아름다워 보이나, 이는 화자를 둘러싼 세계가 마치 유리처럼 투명해서 바깥이 훤히 내다보이지만 밖의 것들이 화자가 있는 안의 세계로는 결코 침투할 수 없는 공간의 폐쇄성을 담지한다. '투명하다'는 서술어가 발생시키는 즉물적인 아름다움은 실상 잔인한 낙관의 물성이다.

진퇴양난의 상황 속에서 화자가 "후르츠 캔디 버스"[7]를 '빈티지'한 '머신'으로 다시 이름 붙일 때, 이는 시인이 비평

---

7) 첫번째 시집의 표제작인 「후르츠 캔디 버스」는 함께 탄 버스 안에서 화자가 사랑하는 '당신'과 직접 연결되는 감각을 경험하는 시

에서 분석한 바와 같이 "'여름'이라는 '언어 생성 장치'를 만들어 여름 이미지를 끊임없이 '리부트'하며 독자들과 함께 여름을 주제로 한 반복 대화를 지속하고, 손을 잡고 싶은 사랑의 타자를 현재형으로 불러들이"[8]는 맥락과 접속한다. 이때, 시인이 쓴 비평과 시들은 (저자가 명시하지는 않았으나) 자신의 시세계를 겨냥하는 메타적인 반성의 내용으로 읽을 수 있고, 그렇다면 박상수가 그려내는 가상의 여름, 향신료 냄새와 맥주의 청량함, 열대 과일의 시각적인 생기로 화자를 유혹하는("무해하고 아주 달아요", 「착한 사람」) 여름을 무해하다고 단언하는 것은 다소 섣부른 일이 된다.

다. 그는 '당신'이 자신의 손안에 올려두는 '캔디'가 "단맛에 녹아 버스 안을 채워나갈 때" 그것이 나의 오해나 일방적인 이해가 아닌 분명한 세계의 진실로서 응답받는 자신의 사랑을 감각하고 "윤곽마저 불투명하던 당신에게/ 아주 잠깐, 속해 있을지도 모른다는 생각"이 압도하는 찰나의 황홀을 드러낸다. 이 시는 박상수의 시세계에서 화자가 '당신'과 확실하게 연결되는 최초이자 마지막이 되는 시편으로, 이후의 시집들에서 등장하는 화자가 거듭 되새기는 추억의 시원적 양태, 그리고 욕망하는 미래적인 시간의 기준점이 된다. 박상수의 '과일'은 상호적인 응답이자 연결로서의 사랑이 분명하게 성취되는 감각의 총체를 내포하는 오브제다. 예컨대, **"워터멜론향 각성 캔디"**가 그저 사탕이 아니라 무엇을 '각성'시키는 장치일 때, 그것은 '우리'로서의 '너'와 '나'가 함께이던 그때, "서로에게 수신호를 보내며 웃었던 그때"(「서촌 일요일 독서회」)를 잊지 않게 하는 장치다.
8) 박상수, 「영원한 베타 테스트로서의 여름」, 95~96쪽.

예컨대, 시종일관 다정하게 말을 건네던 「착한 사람」의 화자가 시의 끝에서 돌연 드러내는 날 선 뾰족함은 그의 부드러운 어조가 실상 위악을 가장한 위선의 제스처일 수 있다는 직감을 주고("마침내 나는 아주 착한 사람이에요") 곧장 날아드는 하나의 의문("어쩌다 이렇게 되었을까?")은 시편 내내 '너'를 향하던 텍스트의 흐름을 단번에 '나'로 재귀시킨다. 이는 화자의 '여름'이 유토피아가 아니라 헤테로토피아일 때 그것은 궁극적으로 '나'의 욕망을 완전히 실현하는 순수한 이상의 공간일 수 없으며, 다만 이 여름(시인이 비평한 다른 시인들의 '여름'도 포함하여)은 현실의 역학과 질서를 재배치하고 전도시키는 반(反)공간임을 폭로한다. 요컨대 『메신저 백』을 비롯하여 최근의 한국시들이 생성하는 '여름'은 현실을 외면하는 비겁한 도피가 아니라 저항으로서의 도피인 것이다.

'여름'을 헤테로토피아로서 창안된 가상공간으로 읽을 때, 그곳에서 생동하는 감각은 현실에 대한 실천으로 경험된다. 유토피아가 현실을 조명하기 위한 거울상으로서의 추상이라면 헤테로토피아는 현실의 '유리'를 깨려는 욕망의 긴장이 도사리는 보다 구체적인 장소로서의 현실태이기 때문이다. 시집 곳곳에서 강렬하게 들려오는 화자의 비명은 '여름'을 유토피아가 아닌 헤테로토피아로 발명하는 과정의 증거다.(「백색소음」) 저항과 해방의 계기만이 아니라 통제와 억압이 교차하는 복합적인 장소로서 헤테로토피아는 유토피아의 낭만을 배격한다. 그러니까, 시집 여기저기에서 과거를 음미하는 노스탤지어의 미학이 감지될 때 간과하지 말아야 할 것은 텍스트가 표상하는 외양의 감각에 함몰되지 않아야 한다는 사실이다. 이는 박상수의 시를 읽을 때 놓치지 말아야 할 유일한 원칙인데, 이를테면 「무호흡」의 화자가 책상 위에서 발견한 "함부로 던져둔 저주들"을 단정한 어조로 말할 때 그것은 고난을 미학화하는 제스처가 아니라 세상의 무자비함에 소진된 화자의 얕은 숨, 한 마디씩 겨우 이어나가는 쉼표들의 절박함이 만든 리듬이다. 그러나 이 감각은 그러한 원칙을 훼손하지 않는 읽기 속에서만 드러난다. 마찬가지로 시의 내포 독자로 상정된 '아이'에게 화자는 다정하게도 "나는 네가 웃기를 바라지만 네가 찾는 산호 조각은 여기 없을 거야"라고 일러주는데 그것은 악의가 담긴 저주나 멸시가 아니라 "고통의 목격자"(「오래된 집의 영혼으로부터」)로서 '우리'를 이끌어내려는 수행적 발화다.

『메신저 백』 속 여름과 겨울은 '우리'의 공존과 '나'의 독존이라는 점에서 대비된다. 여름의 열기로부터 최대한 멀어진 계절인 겨울은 '집'으로부터 고립된 화자의 위기 상황이나("나는 이제 집으로 돌아갈 수는 없을 것만 같아 스키를 신고 아무리 달려도 노을 너머로는 도착할 수 없을 것만 같아", 「크리스마스이브」) '우리'가 해체되어 더는 연결될 수 없음을 받아들여야만 하는 상황("아파하고 기뻐하면서 목도리를 두른 채로 골짜기를 물들이는 마지막 겨울을 지켜보고 있어", 「서촌 일요 독서회」)으로 형상화된다. 반면, 여름은 그것의 생동하는 활력과 더불어 '방학'으로 제시되며("그칠 새가 없었던 참매미의 울음, 방학이 되어버린 서가를 서성이다보면", 「미래 시점」) 이는 지금 당장은 헤어져야 하지만 이별을 향후의 만남을 약속해볼 수 있는 유예의 시간으로 재의미화하는 방어술이 된다.("방학이 끝나더라도 우리 계속 만나자", 「창백한 푸른 점」) 여름이 화자를 세계의 잔혹함으로부터 보호할 때("그렇구나, 나는 내내 이 세계에서 보호받았구나", 「코티지」) '나'는 비로소 악다구니를 쓴다. 그러니까, 조금 더 엄밀히 말하자면 '잔인한 낙관'으로서의 '여름'은 단지 자신을 자발적으로 소진시키는 비참한 낭만의 영속이 아니라 바로 그 자기소외에 저항하는 실천이 가능한 구체적인 장소가 된다.

내가 그랬어 말도 없이 소리만 질렀어 목소리가 나오지 않았어 **내 귀에도 들리지 않는 소리들은 어디로 갈 수 있지?** 백색소음, 실핏줄이 터지고 손톱이 살갗을 파고들고, 대리석 바닥으로 팽개쳐져 온몸이 먹먹했어 흐릿한 사람들의 얼굴이 같이 찢어지고, 건물 로비가 무너지고 어떻게 이럴 수가 있어 백색소음, 어떻게 이럴 수가 있어 그냥 다 소음인 거지, **난 슬픈 게 아니야 난 그냥 슬픈 사람이 절대 아니야**, 외치고 있었는데 아무 소리도 들리지 않아, 나만 들을 수 없는 소리일까 (······) 백색소음, 그것만은 멈

출 수가 없었어 그렇게라도 나는 거기 있었어 (……) **그
러지 마 제발 너를 그렇게 대하지 마** 나는 고개를 흔들면
서 무너져, 난 그냥 아픈 사람이 절대 아니야, 말하지 못
하는 사람이 절대 아니야

―「백색소음」 부분

우리가 사랑하는 대상이 역으로 우리의 주체성과 자발성
을 옭아매는 '잔인한 낙관'을 상기하면, '여름' 안에서 행해
지는 무수한 사랑의 언술과 행위는 현실에서 적극적으로 실
천하기 어려운 그것을 잊지 않기 위해 연습하는 과정이 되
기도 한다. '베타 테스트로서의 여름'은 주체가 갈등 없는
비현실을 욕망하는 환상의 무대가 아니라 자신에게 중요한
친밀성과 애착 관계를 포기하지 않으면서도 현실을 돌파하
려는 실천으로서의 연습(practice/praxis)이 행해지는 공간
이다. '나'가 사랑하는 '너'가 도리어 '나'를 파괴하지만 그
사랑을 폐기하지 않기 위해서는 먼저 '나'의 위태로운 실존
을 지켜내는 법을 알아야 하며, 발화되는 '나'의 목소리가
어떻게 들리는지 역시 재확인하는 과정이 필요하다. 동시대
신자유주의적 폭력의 핵심은 바로 주체가 자발적으로 '나'
의 실존을 표백하고 무화시키는 자기통치술을 내면화시키
는 데 있고, 그렇다면 그에 맞서는 일차적인 대응은 '나'를
놓지 않는 일, 그리하여 '나'의 좌표를 '너'의 좌표와의 연결
속에서 재구성하는 작업일 것이다. 「백색소음」 속 '너'가 실

은 화자가 자기 자신을 바라보는 메타적인 시점인 까닭은 "그냥 슬픈 사람"이자 "그냥 아픈 사람"으로 타자화/의미화되는 자기 정체성에 대항하고자 하기 때문이다. 이때, '나'에게서 '너'를 발견하는 나르시시즘은 타사와 세계를 정동적으로 다시 포착하기 위한 저항적 감수성의 근원지다. 이런 맥락에서 박상수의 화자가 내보이는 자기애는 자신의 결핍을 미화하는 낭만적인 미봉책이 아니라 자기 비하의 모멸감을 가까스로 막아내는 최후의 방어선이다. 앞서 읽은 「착한 사람」의 마지막 문장—"어쩌다 이렇게 되었을까?"—이나 "그래요 내 걱정은 안 해도 될 거예요 모든 게 내 탓이라고 믿으면 되니까"(같은 시), "반갑습니다 저는 한줌도 안 되는 사람입니다만"(「한줌의 사람」)과 같은 발화가 자아내는 위악의 공기는 '나'가 타자와 세계 사이에서 위태롭게 흔들리는 실존적 상황을 정직하게 담아낸다.

이와 같은 시적 상황이 특히 '너'를 호명하는 대화적 행위 속에서 빈번하게 출현하는 것은 시적 주체의 나르시시즘이 반복적으로 '나'를 메타적인 시선으로 끌어와 다른 각도에서 재조명하려는 실천으로 전환됨을 환기한다. 화자가 부르는 '너'가 실상 이인칭 시점의 '너'로 타자화된 '나'의 분신임을 감지할 때, 일인칭 화자의 서정은 세계를 자아화하려는 동일자적 폭력으로부터 벗어난다. 이는 소설 장르에서 호출되는 자유간접화법(free indirect speech)이 구사하는 자기-타자의 이중 시점 구조와도 같은데, 자유간접화법

서술자의 문장이 인물이나 화자의 의식이 전이의 형태로 기입된 것이라면, 박상수의 일인칭은 자신이 직접 대상과 대화를 나누는 경험 속에서 결코 자신이 아닌 타자의 문장을 재흡수하지 않는다는 점에서 구별된다. 자기 안에서 타인의 목소리가 울리는 내적 목소리로서 일인칭 화자의 발화는 주체와 타자 모두를 초과하는 제삼의 평가적 지위나 우위를 결코 채택하지 않고, 이에 따라 시는 내면의 한가운데에서 솟아나지만 결과적으로 반(反)내면적이기도 한 차원에 놓인다. 그러나 시편들을 통과하는 화자의 목소리가 일관된 세계 인식과 가치를 지향하기에 그것은 자기 분열적인 위악의 포즈가 아니라 이른바 바흐친의 '대화적 다성성'을 하나의 발화(문장) 안에서 구현하는 방법론이 된다. 박상수의 시적 주체가 자아와 타자의 언어의 뒤섞임을 포착하는 전복적인 일인칭의 형식을 꾀할 때, 서정의 일인칭이 내보이는 나르시시즘은 자기 내부의 세계로 환원되지 않고 다성적인 대화를 생성하는 시발점으로 올라선다. 요컨대 박상수의 시에서 서정의 주체로서 '나'가 실천하는 발화는 자유간접화법과 유사한 자기-타자의 이중 시점을 내장하는 형식으로 구성되며 이는 이인칭의 '너', 나아가 삼인칭의 '그'와 '그녀'로 구체화된다.

신자유주의의 자기동일적 폭력을 내파하는 실천—'유리'스크린 너머에서만 실재하는 '너'를 '나'의 세계에 함께 거주하게 하면서도 타자성을 소생시켜 세계를 다성적으로 구성해내는 작업이 '여름'에 이루어진다면, 그 여름은 현재의 두려움을 매끄러운 낙관으로 봉합하는 탈정치적인 시간이 아니라 그와 정반대로 매우 정치적인 계절이 된다. 일인칭 시적 주체가 구현하는 서정적 내면의 자유간접화법은 그간 박상수의 시세계의 주요한 특징으로 제시되었던 '남성 시인'이 재현하는 '여성 화자'를 살펴보는 작업의 중요한 대전제가 된다. 다음 장에서 우리는 이를 더욱 구체적으로 살펴보며 그러한 일인칭 화자가 내향적인 타자화를 자신의 정체화 기술로 채택하는 시점을 **타자적 일인칭**(the Othered First point of view)이라고 부를 것이다. '너'와 '그' 그리고 '그녀'는 단지 일인칭 주체의 연극적 퍼포먼스나 연출된 시적 대상이 아니라 일인칭 주체가 자신의 발화 행위 안에서 시도하는 실존적인 자기-타자화의 결과들로서 또다른 시적 주체들이다. 이러한 양상은 주체가 자신을 이인칭과 삼인칭 시점에서 기술하되 그것을 철저히 자기 내부로부터 연유시키는 시적 상황 안에서 드러난다. 타자적 일인칭의 발화는 텍스트의 표면에서 관찰되는 것처럼 완전한 외적 존재로서의 '너' 또는 '그'/'그녀'의 문장이 아니라, 정서적이고 서정적인 층위에서 일인칭 '나'의 자기 고백으로 작동한다. 이는 전통적으로 세계를 자아의 동일성에 포섭시켜온 서정적 주체가 내면의 타자화를 자아의 구성 원리로 채택하는 역방향의 국면이며, 가히 서정의 대전환이라 할 만하다.

박상수의 화자는 내면의 타자들과 대화를 나누면서 자기

자신을 새롭게 탐색하고 재구성하는 과정, 동일성을 강요하는 세계의 폭력에 대항하는 정치적 실천으로서 일인칭을 재발명한다. 그렇다면 이 여름의 연습—사랑하는 법을 잊지 않기 위해 절박한 마음으로 '너'를 반복해서 부르는 일은 과거의 영속적인 복권을 향하지 않는다. 그것은 사랑하는 '너'가 비로소 출현할 수 있는 미래의 무대를 창안하기 위한 무수한 발명의 시도이기 때문이다. 그러므로 여름 속에 거주하는 '나'가 욕망하는 '영원'은 이미 도래했던 과거의 기록으로서가 아닌 한 번도 오지 않은 '우리'의 새로운 계절이다. 전무후무한 시간으로서 미래의 탄생은 바로 '나'로부터, 일인칭의 주체의 내면에 자리하는 타자성을 살려낼 때 가능하다. 그간 독자들로부터 꾸준히 사랑받아온 박상수 시의 정념과 미감은 바로 그 자기-타자적 서정에서 기원한다.

3. 두 개의 발코니에서 오가는 끝말잇기

그는 수시로 **너**를 불러 점심을 산다 오늘의 메뉴는 오므라이스와 돈가스, 네가 밥값을 내지 못하도록 좋은 사람은 미리 계산을 해둔다 저도 한번 내고 싶습니다만, 그런 말은 성립할 수 없으니 편히 먹으라고 한다 숲속 달팽이가 낙엽 뒤로 사라지듯 손과 발이 움츠러든다 그렇지만 **너는 이곳을 사랑해야 한다** 돌아가는 길에는 또다른 좋은

사람을 만난다 저는 당신과 같은 사람은 아닙니다만 그렇
다고 많이 다른 사람도 아닙니다 너 자신을 뭐라고 설명해
야 할지 모르겠을 때, 좋은 사람은 그게 뭐가 중요하냐고,
이곳에서 일하면 약간의 차이가 있을 뿐이고 사실 그것은
별 차이도 아니라고 말해준다 (……) 너는 말한다 좋습니
다, 모든 것이 다 좋습니다, 내일 점심이 되면 좋은 사람은
다시 너의 방문을 두드릴 것이다 (……) 숲에 열매가 많
이 열리면 매서운 겨울이 찾아온다는 징조, 하지만 열매
가 없는 매서운 겨울도 있는 것이다 좋은 사람은 유일하
게 너를 들여다보는 사람, 수시로 너를 찾아주는 사람, 너
는 이곳을 사랑해야 한다.
—「트랙 B—좋은 사람」 부분

시가 상황과 사건을 이인칭과 삼인칭의 시점으로 전개할
때, 서술자로서 시적 주체가 경험하는 의식과 현실 인식은
그들이 나누는 대화적인 장면으로부터 자연스럽게 추론된
다. 위 시의 경우 '그'와 '너'를 장면화하는 서술 주체의 내
면은 '너'의 시선을 흡수한 상태로 나타나며, 그에 따라 "너
는 이곳을 사랑해야 한다"는 당위는 서술자가 '너'에게 내
리는 지시인 동시에 시적 주체 '나'가 자신에게 당부하는 이
중 명제가 된다. '너'에게 점심을 사는 '그'는 "좋은 사람"
으로 명명되지만 그것은 사실의 적시라기보다 출구 없는 현
실을 어떻게든 정당화하고 합리화하기 위해 '너'가 스스로

에게 거는 최면술에 가깝다. 만약 '그'가 정말로 '좋은 사람'
이라면 상대의 호의 앞에서 '너'는 "숲속 달팽이가 낙엽 뒤
로" 숨듯 "손과 발이 움츠러"들지 않았을 것이다. 그러니까,
'좋은 사람'이라는 명명은 '너'가 감지하는 모종의 음험함을
어떻게든 무마하여 일상을 평안하게 꾸려가고자 하는 수행
(illocutionary act)⁹⁾의 일환이다. 그도 그럴 것이, '너'가 자
신을 어떻게 설명해야 할지 모르겠다는 고민을 내어둘 때
'그'는 '너'의 성찰을 돕거나 지지하지 않고 "그게 뭐가 중
요하냐"며 물음 자체를 중단하고 폐기해버린다. '너'가 다
른 사람들과 구별되는 모종의 '차이'에 대하여 고민하는 것
은 그 내용과 별개로 자기 정체성이 사회적으로 배치되는
구도를 탐색하는 중요한 작업일 텐데도 '그'는 그 차이를 의
미화하는 것이 부정적인 효과를 낳으리라 단호하게 전제하
며 "그것은 별 차이도 아니"라고 말한다. 오히려 '그'는 '너'

---

9) 발화수반행위는 말하기 그 자체가 명령과 약속 등의 실천을 수
행하는 발화를 말한다. 언어 행위를 맥락과 상황 속에 존재하는 실
존적 행위로 간주할 때, 문자로 기록된 말은 발화자와 분리되어 독
자적으로 존재하며 그의 시공간을 가로질러 그 너머의 독자에게까
지 도달한다. 이런 맥락에서 활자 예술로서 시와 소설은 발화의 실
제 상황에 구속되지 않고 독자가 인용과 재해석을 자유롭게 생산할
수 있는 열린 텍스트가 된다. 이때의 탈맥락화는 탈정치적이지 않
으며 오히려 역사적인 정치성을 생산해내는 중요한 분기점이 된다.
J. L. 오스틴, 『말과 행위—오스틴의 언어철학, 의미론, 화용론』, 김
영진 옮김, 서광사, 2005.

로 하여금 고립을 욕망하게 한다("빈방이 있다면 문을 닫고 들어가 아무도 들어오지 못하게 하고 싶다").

　시편에서 반복되는 "이곳을 사랑해야 한다"라는 당위의 불편한 이질감은 '좋은 사람'이 '너'에게 선사하는 강압에서 기인한다. 그가 자아내는 위화감은 '너'를 옥죄어오는 세계 그 자체의 감각으로 형상화되며 이는 '트랙 B'라는 이름으로 묶이는 다른 시 두 편을 연작시로 읽을 때 더욱 생생하게 와닿는다.[10] 가령, 「트랙 B—재계약」에서 '너'가 반복하는 '쌓음'의 행위는 마치 그것이 "유일한 기쁨"인 것인 양 반복 수행되지만 실상 그것은 "버티지 않아도 될 것을 끝내 버티어내야만 한다는 강박"이라는 사실을 애써 부인하는 '너'의 자기암시 효과다. 「트랙 B—새로운 생활」의 '너' 역시 마찬가지로 "이것이 왜 필요한지 알 수 없는 일에 너의 온 정성을 다 바"치는 서술의 대상(이자 실질적인 주체)이 되고, 이에 따라 세 편의 연작이 형상화하는 '너'는 자신의 일이 자기 정체성의 고유함을 마모시키는 데에 기여함을 알면서도 어쩔 수 없이 해야만 한다고 수없이 최면 아닌 최면을 거는 불행한 인물이 된다.

---

10) 세 편의 연작시는 벌랜트가 말하는 '잔인한 낙관'의 가장 구체적인 양태인 버티기와 소진을 보여주며 그를 통해 현재를 무한에 가깝게 지연시키는 주체의 모습을 형상화한다. 그러나 벌랜트의 용어와 달리 시적 주체는 '낙관'의 환상을 구사하지 않으며 오히려 그러한 '낙관'의 폭력성에 대하여 내적인 반발감과 거부감을 드러낸다.

이때, '트랙 B'라는 제목으로 묶이는 세 편의 연작시가 모두 '너'를 호명하는 구조로 이루어진다는 공통점은 의미심장하다. '너'는 시의 서술 주체가 말을 건네는 타자인 동시에 텍스트 바깥에 놓인 독자를 내부로 위치시키는 수행적인 대명사가 되기 때문이다. 이에 따라 독자—텍스트 외부의 관찰자이면서 내부에도 존재하는 '너'는 시의 문제 상황에 대해 응답해야 하는 존재로 호출된다. 그러나 박상수의 이인칭은 독자에게 시편 내부의 '너'와 즉각적인 동일시를 요구하지 않고, 따라서 시적 주체의 죄의식과 모멸감은 곧장 공감되거나 동정받는 일인칭의 나르시시즘을 초과하는 해방의 가능성을 획득한다. 이는 시적 주체가 서술자로서 지닌 자기성(selfhood)을 이인칭 '너'의 내면 안에 자유간접화법의 방식으로 투명하게 녹여두었기 때문이다. 시집의 1부에서 문제시되는 '유리'의 물성은 이 지점에서 재전유된다. 투명함은 '너'와 '나'의 소통이 불가능한 원자적인 공존 상태가 아니라 일인칭 시점을 채택하는 자유간접화법 양식의 시적 발화를 통해 서로의 내면을 매개하는 열린 물질성이다. 세계의 변화를 외면하거나 부인하지 않는 일인칭 시적 주체 '나'가 그 안에서 여과되는 자기다움을 타자적인 층위에서 재발견하는 반면, 폭력적인 나르시시즘의 주체는 그러한 타자성과 그것이 촉발하는 변화의 역동을 회피한 채 변하지 않는 자기동일성을 자신의 얼굴로 천명한다. 요컨대, 독자가 시 속의 '너'에게 곧바로 찬동할 수 없게 하는 거리감은 타자적 일인칭이 자신에게 설치한 윤리적 장치다.

박상수의 시적 주체는 자신의 시를 읽는 독자가 텍스트와 비판적으로 거리를 둘 권리가 있으며, 바로 그 권리가 존중되는 한에서 도착하는 응답이야말로 진정으로 책임 있는 응답(responsibility)임을 알고 있다. '너'라는 이인칭의 호명이 텍스트 내부의 허구적 실재인 '너'와 외부의 독자로서 '너'의 경계를 허물 때, 해석의 대상으로서 시는 읽기 행위 자체를 가장 정치적인 실천으로 촉발하는 저항의 매개가 된다. 독자로서 '너'의 읽기가 텍스트의 일부로 재편될 때, '너'는 연결을 욕망하는 시적 주체 '나'의 일방적인 연루가 아닌 독자의 판단과 선택을 경유하는 공동의 '쓰기' 속에서 타자의 실재로 올라선다. 그리하여 '여름'의 아름다움을 함께했던 '우리'는 과거의 서정적 주체가 발휘하던 포함과 배제의 역학으로부터 벗어나 자율적으로 구성된 열린 공동체의 구성원이 되는 것이다. 6부에서 강화되는 '믿음'―자신의 얼굴이 보기 싫어 숨어버리는 '나'에게 "네가 여기 있다는 차분한 믿음"(「귤밭 사이로 내리는 눈송이」)이 끝내 도래한다는 사실이 이를 반증한다. '너'의 실감은 '나'의 규정에 의해 태어나는 고정된 산물이 아니다. ('내'가 영향력을 미칠 수 없는) 절대적 타자로서 '너'의 윤리적 역량에 대한 '나'의 믿음이 '너'의 실존을 가능케 함을 시적 주체는 알고 있으며, 그렇기에 '너'에게 꾸준히 말을 건네는 이 모든 시편들은 '나'의 낭만적인 독백이나 방백이 아니라 끝내 "우

리만의 끝말잇기"(「끝말잇기」)가 되는 기쁨에 다다르는 것
이다.

　어금니를 오래 깨물어도 들어주는 사람은 없는 거리에
서 밤을 새우고 마침내 가진 모든 걸 태워버렸구나, 나는
기다려, 천천히 네가 내 허리에 손을 두르고 겨우 숨을 쉴
때까지, 그러다가 문득 말을 건네지, **지금부터 우리는 고
장난 온기**, 내 눈을 마주치며 네가 말을 받지, 기침소리로
가득한 중학교 뒷마당, 당근을 졸이는 달콤한 냄새, 새가
모두 죽어버린 공원묘지, 지나치게 쨍한 색감, 우리는 말
과 말들을 이어나가, 둘만의 규칙을 따라 잘린 어둠 속에
서도 우연히 가장 쨍한 말들이 흘러나올 때까지 우리만의
끝말잇기를 계속해, 네 속이 텅 비어 있으면 내 곁에 남
아 있는 말들을 이어붙이며, 내가 텅 비어버리면 네가 포
기하지 않은 말들에 기대어, 이유 같은 건 떠올리지도 않
고 말들을 이어나가, 다시, 근본 없는 낙서, **서로를 살리
는 신비한 저주**, 주말에만 문을 여는 카페의 좋아하는 창
가 자리, 이젠 모든 사람에게 안녕, 영원과 러브 앤 호프!
—「끝말잇기」 부분

위 시는 시집에 수록된 마지막 시라는 점에서 『메신저 백』
의 화자가 시적 여정의 끝에 당도하는 궁극적인 발견의 내용
으로 읽을 수 있다. 응답을 확신할 수 없는 '너'에 대한 '나'

의 믿음이 실재하게 하는 '우리'의 온기는, 그렇기에 어쩌면 "고장난 온기"이며 그러한 '우리'의 "끝말잇기"는 "서로를 살리는 신비한 저주"라는 역설로 와닿기도 한다. 그러나 중요한 것은 그것이 세계의 선한 부분들을 되살려낸다는 사실이다. '빈티지'의 세계에서 녹슬어가던 '과일 머신'인 "후르츠 캔디 버스"(「후르츠 캔디 버스」)는 "네가 포기하지 않은 말들에 기대어" "가장 쨍한 말"로 소생한다. 화자는 이를 두고 "이유 같은 건 떠올리지도 않"는 말하기, "근본 없는 낙서"라고 하지만 여기에는 분명한 이유가 있다. 그것은 '나'라는 존재란 모름지기 '나'의 인식 이전에 이미 타자로 구성되고 내장된 존재라는 시적 무의식의 앎, 그러한 관계의 서사적 구도 속에서 생성된 관계적인 정체성, 타자는 '나'의 주체성을 구성하는 비천한 구성적 외부가 아니라 그 또한 하나의 독립적인 자아라는 실존적 인식…… 그리고 그러한 타자는 다름 아닌 '나'의 내면에 웅크리고 있던, '나'이면서 '나'가 아닌 내적 이방인이라는 시적 깨달음의 현전이 바로 그것이다. 요컨대 『메신저 백』의 시적 주체는 동시대 현실의 '잔인한 낙관'을 몸소 경험하고 체현하면서(「트랙 B」 연작시) 주체의 위기를 위기 아닌 것으로 무마하거나 보정해보려 하지만 그것이 실패하리라는 앎 속에서 '잔인한 낙관'을 해체하기에 이른다. 박상수의 시적 주체가 행하는 해체는 세계에 대한 사랑에 희망 없음을 선언하지 않으면서 그 사랑이 구체적으로 어떠한 관계적 상상력에 의거하는지를 메타적으로 집요하게, 그러나 부드럽고 공격적이지 않은 방식으로 탐문하는 작업이다. 이를 가능케 하는 장치가 바로 그의 타자적 일인칭이며, 그것의 시각적 구조는 두 개의 발코니라는 은유를 통해 가시화된다.

중문을 열면 거실 창 너머로 어떻게 이렇게 가득할 수가 있지, 나무가, 남은 가을빛과 다가올 겨울의 흔들리는 잔상으로, 달항아리처럼 둥근 빛의 너울과 함께 거기에, 우린 아무 소리도 못 내고 앞서고 또 뒤를 이어 거실로 들어가 (……) 입안 가득 과일 향미가 녹아 있는 히비스커스 티를 마시는 것처럼, 나는 발그레해진 뺨으로 거실 창문을 열어, **어쩜 발코니가 두 개인 집도 있구나, 두 사람이 충분히 오갈 수 있을 것 같은 공간, 어닝 아래 둔 낡은 의자에 앉으면 밖에서는 아무도 우리를 볼 수 없을 것 같지,** (……) 벽지와 책들은 이곳을 떠날 때까지 제 빛깔을 잃지 않을 거고 우리는 차츰 이 집을 우리들의 냄새로 채워나갈 테지, **한때의 우리가 자신밖에 모르는 사람이었던 건 벽장과 침대보의 주름 속에 감춰두기로 하자** (……) 축축한 흙에 뿌리내린 오후의 향기를 맡으면서 조금씩 늙어갈 테지, 그래, 우리도 이런 집에 살 수 있는 날이 올까, 여기가 어딘지는 누구에게도 말하지 않을 테지만,

—「발코니가 두 개인 집」 부분

　발코니는 주택이 접하는 외부 환경과 내부의 거주 공간을 완충하는 지대로 사적인 내부 공간을 외부와 연결하며, 발코니의 넓이나 모양, 설치된 방향 등에 따라 '나'의 사적인 공간이 접속하게 되는 바깥 풍경의 감각이 달라진다. 집의 외벽에 부착된 부가적인 공간으로서 발코니는 외부 세계를 집의 내부로 들여오는 점이지대인 동시에 화재시 불길 등이 주거 공간을 침범하는 일을 지연시키고 대피하는 데 도움을 주기도 한다. 인용한 시 속의 화자에게 발코니는 나무와 가을빛의 너울이 '나'의 세계로 들어오게 하는 열린 경계로서 중요하다. 그에게 발코니는 하나만 있어도 충분히 숨통을 트이게 해줄 무엇이지만, 열린 거실 창문 너머로 "발코니가 두 개인 집"을 발견하며 그는 '우리'가 함께 나이들어가는 시간을 거침없는 활달함으로 상상하는 데까지 나아간다.

　'발코니'를 타자적 일인칭이 기거하는 구체적인 장소로 읽을 수 있는 까닭은 화자가 소망하는 것이 하나가 아닌 '두 개의 발코니'이기 때문이다. 근본적으로는 복수의 거주자가 함께 누릴 수 있는 공동의 장소이지만 각자의 사적인 영역으로도 사용 가능하며, 세계와 접속한 열린 공간이되 "밖에서는 아무도 우리를 볼 수 없"기도 한 이중의 보호가 작동하는 영역. '우리'가 한때 "자신밖에 모르던 사람이었던" 사실을 무효한 과거의 일부로 묻어둘 수 있는 장소이기 때문이다. 즉, 아주 사적이고 내밀한 영역인 동시에 그 주관의 세계가 존중받음으로 인해 타자적인 외부 세계가 '나'의 내면으로 쏟아져들어오는 역설의 공간, 그리하여 '우리'가 공동의 휴식을 취하면서도 '나'와 '너' 각자의 영역을 지켜낼 수 있는 새로운 관계의 조율이 태어나는 장소다. 이는 있는 그대로의 자기 자신이 받아들여지지 않기를 반복하던 시적 위기가 해결될 뿐만 아니라 나아가 한 번도 살아보지 않은 미래를 진정으로 낙관하게 하는 소망의 공간이다("우리가 보낸 이 집의 시간은 영영 닫히는 법이 없겠지"). "한번 등을 기대면 절대 일어설 수 없는 소파"는 과거로의 회귀와 그것의 반복적인 재상영을 원하지 않는 이들의 것이며, 각자도생의 이기적인 자율성은 "벽장과 침대보의 주름" 속에서 영원히 잠든다.

이처럼 '두 개의 발코니'는 타자를 일인칭 주체의 자기 구성 원리로 받아들이는 박상수 시의 '나'가 체현하는 발화의 원리를 은유한다. 나아가 '나'와의 동일시를 배격하고 '두 개의 발코니'가 개별적인 것만큼의 거리감으로 연결된 '너'와의 관계는 시적 주체가 최종적으로 각성하는 실천적 방안이다. 물론, 화자가 목격한 '발코니'가 아직 '나'의 소유가 아니라는 점에서 주체가 낙관을 도모하는 미래의 시간은 여전히 교착상태에 놓여 있다고 읽힌다. 그러나 겨울의 황량함이 거듭하여 '나'에게서 '여름'의 열기를 재생시키는 것과 마찬가지로 그러한 교착과 답보의 상태 안에서만 비로소 새로운 관계의 발명이 가능하므로, 이제 주체의 견딤, '쌓기'의 반복(「트랙 B—재계약」)은 현실의 폭력적인 구조를 유지시키는 데 복무하는 자발적인 자기소외의 행위로부터 벗어난다. 그의 '쌓기'는 세계의 잔인함을 직시하면서도 그 안에서 다른 방식의 공통 감각과 애착의 방식, 그리고 덧씌워진 과거의 복제물이 아닌 완전히 새로운 타자적 미래를 상상하는 견딤의 방식으로 재전유된다.

4. 그녀는 나의 가면이 아니라 나의 진짜 얼굴입니다— 타자적 일인칭의 퀴어함

박상수의 화자는 '두 개의 발코니'를 발견하기 이전 견딤의 소진 속에서 자신의 '얼굴'을 계속 숨겨야만 했던 역사가 있다.("이게 바로 나야, 애원하는 자신을 보기 싫어서 숯으로 얼굴을 전부 칠한 채 상자 안으로 들어가버린 사람",「귤밭 사이로 내리는 눈송이」) 여러 시편에서 반복 재현되는 '검정'은 화자가 얼굴을 지운 자리를 불투명하게 덧칠한 통증의 흔적이다.("자주 부딪히며 나는 걸어가, **멍자국**을 만들며 아무렇게나 나를 아프게 해, 괜찮아요 나는 이제 무해한 열매, 아니 미안해요 이제 나는 무용한 열매, 보도블록 위 검고 무른 자국들, 후드득 **오디 열매**처럼 떨어져 나간 손등과 무릎 (……) 저녁은 오고, 저녁에는 얼굴을 감출 수가 있어서 그게 좋아서",「어떤 일은 그냥 일어나기도 하지」) 시집의 표제작인 「메신저 백」에서 "검은 물감"으로 형상화되는 '밤'은 화자가 비판적으로 발견하는 '깊이 없음'

의 자질과 동위원소로 감각되며, 얼굴을 검게 칠하는 화자
는 "숨을 쉬는 일이 어쩐지 죄를 짓는 일"처럼 느껴질 정도
의 수치심과 죄의식에 함몰되어 있다. 그때마다 의식적으로
더듬는 "미니 가죽 백"은 생활에 대한 그의 임무를 잊지 않
게 해주는 자발적인 고통 발생 장치다. 명백하게 드러나는
화자의 내적 괴로움과 시적 상황은 겉으로 보기에 (앞서 시
인 자신이 메타적으로 비판한) '깊이 없음'을 문제시하는 듯
하지만 그렇지 않다. 진짜 문제는 화자의 확신 너머에서 깜
박거리는 불빛처럼 나타난다.

나는 두어 번 눈을 문지르고 단편적으로 점멸하며 걷는
다 깜빡깜빡, 검은 물감을 헤치고 휘장 너머를 들여다보
면 무너지고 희박해지고 있구나 구분할 수 있는 모든 것
이, 구분할 수 있는 거의 대부분의 모든 것이

너는 한 번도 있는 그대로의 너의 모습으로 받아들여진
적이 없어

알 수 없는 목소리가 어디서 흘러나오는지 궁금하여 이
번에는 뒤를 돌아본다 돌담 위로 간접 등이 빛나고, 불빛
위로 밤의 전령들이 모여들고 있어 무한한 날갯짓을 되풀
이하며 천천히 뒤섞이고 마침내 용해되어 흘러내리는구
나 그렇다면 이 밤은 모든 것이 뒤섞여 흘러내리는 검은 물

감이야, 이 산책에는 깊이가 없고 결국 제자리로 돌아오
겠지만, 여기에 내가 살던 방이 있었습니다 아주 오래된
이야기처럼.

—「메신저 백」 부분

　시집에 등장하는 거의 모든 상황을 종합하는 이 시의 문
제 상황은 바로 '나'가 단 한 번도 고유한 자신의 모습으로
타인에게 수용된 적이 없다는 것이다. 그러나 시가 이를 텍
스트의 표층에서 분명하게 적시하고 있음에도 불구하고 그
것은 '나'의 언어에 완전히 포섭되지 않는 타자의 발화로 재
현된다. 그리고 '나'와 '너'의 구분이 모호해지는 바로 이 지
점에서 타자적 일인칭으로서 박상수의 시적 주체가 지닌 형
식적 미감과 정치성이 유감없이 발휘된다. 소설의 자유간
접화법이 복수의 등장인물의 내면을 통과하여 서술자로 하
여금 삼인칭 시점의 타자성을 구현한다면, 타자적 일인칭
이 구사하는 시적 자유간접화법은 발화 주체와 완전히 유리
된 외부의 타자성이 아니라 주체 내부의 타자성을 견인한다
는 점에서 다르다. 전자의 경우 서술자의 위치가 삼인칭이
라는 좌표에 고정된 채 인물의 의식에 접근하거나 멀어지
는 심리적인 거리의 조절이 좀더 유연하게 가능하고, 독자
는 그러한 서술자를 통과해 인물(대상)보다 세계에 대해 더
많은 정보를 알 수 있으며 다른 종류의 관점을 확보할 수도
있다. 그러나 후자, 타자적 일인칭이 구사하는 타자성은 전

적으로 '나'가 말하는 일인칭의 발화 조건을 유지하므로 서
술의 주체와 그것이 형상화하는 (무)의식의 주체가 일치한
다. 그로 인해 표면적으로 단일한 자아의 발화처럼 재현되
는 타자적 일인칭의 말하기 안에서 '나'의 타자성은 '나'의
내면이 인식 이전에 이미 타자의 경험과 담론에 영향받은
것이라는 사실과 더불어 내면에 잠복해 있던 대화적 역량
이 되고, 삼인칭과 같은 제삼자의 시점은 텍스트 내부의 그
어디에서도 도래하지 않는다. 물론 타자적 일인칭의 발화가
내보이는 자기-타자의 이중 시점 구조는 소설의 자유간접화
법과 마찬가지로 다성적이지만, 소설의 자유간접화법이 문
장을 서술자의 소유물로 귀속시키며 인물의 의식과 내면을
서술자와 분리된 외부 타자의 것으로 형상화하는 데 반해,
시의 타자적 일인칭이 표현하는 타자성은 그 서술 주체, 즉
시적 주체 자신에게 귀속된 내면이라는 점에서 다르다.[11) 12)]

---

11) Alex Houen은 클로디아 랭킨의 *Citizen : An American Lyric*
(Graywolf Press, 2014)과 벤 러너의 *The Topeka School*(Farrar,
Straus and Giroux, 2019)을 사례로 분석하며, 텍스트의 내적 목소
리가 공적인 사회 담론과 뒤섞이며 서정적인 문장으로 표현될 때
그것을 소설의 자유간접화법의 변형과 확장으로 해석한다. 랭킨과
러너의 두 작품은 모두 시와 산문의 경계를 넘나드는 자기 서사인
데, Houen은 관습적으로 산문 서사의 영역에 국한되던 자유간접
화법이 시와 산문의 혼성으로 이루어진 동시대의 새로운 서정적 텍
스트를 생성하는 주요한 힘이라고 본다. 그는 자유간접화법을 다
루는 기존의 이론이 서술 주체가 자신의 내적 목소리와 맺는 관계

　　타자적 일인칭이 구현하는 자기 내부의 타자성은 '고백'이
나 '노래'의 형식으로 드러나기도 한다. 그러한 대목은 자유
간접화법이 그러하듯 여타의 형식적 경계를 무화하는 방식
으로 제시되기 때문에 주체의 내면과 분리되지 않고 연장되
는 스펙트럼의 형상으로 나타난다.[13] 그러나 이 '노래'가 화
자의 일반적인 말하기와 구별되는 가시적 지표는 없으며,

성에 대해 충분히 사유하지 못했다는 점을 지적하며 동시에 서정
시에 관한 기존 논의들이 시적 주체의 일인칭이 자아를 투명하고도
완벽히 표상한다는 전제를 무비판적으로 유지해왔다고 지적한다.
Alex Houen, "On Inner Voice, Free Indirect Style, and Lyric.",
Textual Practice, vol. 35, no. 6, 2021, pp. 1037~1063.
12) 『메신저 백』의 해설인 이 글과 Houen의 논의는 자유간접화법
을 서사적 기법에 한정하지 않고 텍스트의 내적 목소리가 타자(성)
와 맺는 관계에 주목하여 시와 소설의 장르를 가로지른다는 점에
서 교차한다. 그러나 Houen의 글이 주목하는 텍스트의 내적 목
소리가 관계 맺는 타자성은 공적이고 사회적인 담론이라는 점에
서 박상수의 시적 주체가 관계하는 타자성과 다르다. 박상수의 타
자적 일인칭은 '나'의 외부—사회적이고 공적 차원이 아닌 내면
에 기거하는 타자성을 재귀적으로 성찰하는 메타적인 서정성으
로 파악된다.
13) 가령, 「귤밭 사이로 내리는 눈송이」의 2연은 화자가 부르는 '노
래'다("그런데 언제까지 힘을 내야 하지? 나는 가라앉으면서 노래
를 불러요// 귤밭 사이로 떨어지는 눈송이, 귤밭 아이에게 떨어지는
작은 눈송이, 눈이 오면 맞으면 되고 젖으면 눈을 감으면 되지요//
나는 나의 노래가 마음에 들어서 다시 잠으로 빠져들지만 입안으로
모래가 쏟아지고, 모래를 뱉어낼 힘이 없고").

이것이 '노래'로 의미화될 때는 독자가 텍스트 내적 세계의 부분으로 재편되는 상황에 한해서다. 더욱 구체적으로 말하자면 개별 시편들이 자아내는 폭력적 현실에 대한 아이러니와 비판적 의식은 시적 주체가 텍스트 내부에서 완결적으로 구현하는 것이 아니라, 외부 타자인 독자의 읽기 행위에 의해 생성적으로 획득되는 것이다. 이와 마찬가지로「메신저백」이 내포하는 궁극적인 시적 위기는 화자가 드러내는 죄의식이 아니라 누군가가 그에게 들려주는 "알 수 없는 목소리"—"너는 한 번도 있는 그대로 너의 모습으로 받아들여진 적이 없"다는 비가시적인 사실이다. 박상수의 타자적 일인칭이 도달하는 각성의 총체는 바로 이 지점, 주체의 완전한 인식 체계의 바깥에서 점근적으로 도래하는 내부의 타자성에 대한 자기 인식을 향한다.

　세계의 표면이 "모든 것이 뒤섞여 흘러내리는 검은 물감"과도 같은 '밤'으로 표상될 때, 화자에게 이것이 문제적인 이유는 (여전히) '깊이 없음'의 차원에서 순환되기 때문이다. 그러나 일인칭이 감행하는 시적 사건이 내부의 타자성을 새로이 발견하는 모험일 때, 이 '깊이 없음'은 자책 어린 죄책감으로부터 놓여나고 '깊이'야말로 외부의—그러나 내가 애착하고 연결되기를 끊임없이 소망하는—'너'에 의해서만 발견될 절대적인 타자적 가치임이 더욱 확실해진다. 텍스트는 주체의 재현 행위로 구성된 표면이며 그 언어의 지면(surface)을 굴착하여 텍스트에 입체적인 형상을 부여하는 것은 '나'가 아닌 '너'—텍스트의 외부에 기거하고 있지만 '나'의 호명에 의해 내부의 타자로 편입되는 독자다. 이 사실을 깨닫지 못하고 일인칭으로서의 주체가 완결된 하나의 깊이를 만들어낼 수 있다고, 또는 그래야만 한다고 믿어 의심치 않는다면 텍스트는 자기동일성의 늪에서 스스로 함락되고 말 것이다.[14) 그러므로 박상수의 시를 포함하여 최근 한국시의 동향을 '표면'에 천착하는 무기력한 소극적 태도로 일축한다면 그것은 동시대의 재현이 획득한 새로운 매체적 조건의 물질성을 간과하는 몰이해일 것이다. 동시대시 텍스트의 열린 구조는 외부 타자로서의 독자의 읽기를 단지 의미의 해석적 차원이 아니라 물질로서의 텍스트를 함께 생성해나가는 공동 작업자로 초대한다.[15) 이에 따라 박상

14) "그 젊은 여류 화가는 뛰어난 재능을 가지고 있고, 그녀의 작품들은 첫눈에 많은 호감을 불러일으킨다. 그러나 그것들은 애석하게도 깊이가 없다. (……) 그 다음주 내내 그녀는 전혀 그림에 손을 대지 않았다. 말없이 집안에 앉아 멍하니 생각에 잠겨 있는 그녀의 머릿속에는 오로지 한 가지 생각뿐이었다. 그것은 깊은 바닷속에 사는 무지막지한 오징어처럼 나머지 모든 생각에 꼭 달라붙어 삼켜버렸다."(파트리크 쥐스킨트, 「깊이에의 강요」, 『깊이에의 강요』, 김인순 옮김, 열린책들, 2020, 9~10쪽)

15) 텍스트로서 시의 표면과 '깊이 없음'에 대한 긍정적인 읽기, 그것을 주체(저자)와 타자(독자)의 공동 작업이 기입되는 디지털 피드백 루프로 해석하는 한 가지 독법은 다음의 글을 참고할 수 있다. 전승민, 「가속에 저항하는 지연의 포에티카, 비트(bit) 시의 출현—AI세-시대에 재구성되는 새로운 반려의 감각」, 『신생』

수의 시를 읽는 독자들은 이 '깊이 없음'을 스스로 천명하
는 시편들에 대하여 함께 고민하는 읽기로 나아가고, 종국
에는 낭만적인 여름과 코를 찌르는 과일들의 향내가 과연
진실한 것인지―그러니까 과연 '깊이'가 있는 것인지, 그리
고 그 '깊이'는 어디에서 발견되는 것인지 답을 찾아야 할
의무를 부여받는다.

*

　표제작 「메신저 백」이 지시하는 시적 문제 상황이 '나'의
고유한 얼굴이 그동안 타자로부터 수용받지 못해왔다는 무
의식적 사실에서 기인할 때, 우리는 타자적 일인칭으로서
의 박상수 시의 주체가 시쓰기의 여정을 통해 발견하는 내
면의 타자성을 보다 젠더적인 관점에서 더욱 구체적이고
생생하게 경험하게 된다. 다시 한번 신중하게 유의할 점은,
시의 '깊이'―역설과 아이러니, 그리고 비판과 해체가 시인
과 내포 저자로서의 화자에게서'만' 생성되는 것은 아니라
는 사실, 더불어 그것들이 더욱 강력하게 유도되는 지점은
텍스트 내외부의 타자로 존재하는 독자라는 사실이다. 그간
박상수 시의 젠더성을 논할 때, 시인의 생물학적 남성성과
시의 화자가 구사하는 여성적인 기표들은 시인과 화자를 분

<hr>

리하는 방식으로 읽혀왔다. 그것은 '남성 시인'의 '여성 화자' 사용이라는 도식 안에서 분화되었는데, 가령, 그의 두번째 시집 『숙녀의 기분』을 순정과 외설의 역설적인 길항 속에서 "성별의 유희적인 선도"[16]를 생성하는 것으로 읽는 논의는 시인이 구사하는 "크로스 드레싱의 스펙터클"[17]이 과장된 성차의 기표들로 치장된 구성 속에서 양식화된 것으로 보는 동시에 그러한 캠프(camp)적 미학의 배면에 날아들 여성주의적 정치학의 비판을 도외시할 수는 없다고 짚는다.[18] 또는 그러한 논의의 여백에서 "남성 시인의 여성 화자 사용이라는 말을 사용하지 않고"[19] 해당 시집에 접근하는 독해는 시인과 화자의 분리를 대전제로 차용하며 '숙녀' 되기에 실패하

---

16) 윤경희, 「순정과 외설」, 『문학과사회』 2013년 가을호, 340쪽.

17) 같은 쪽.

18) "『숙녀의 기분』은 여성적 목소리로 여성의 일상을 이야기했다 한들 여성 혐오 정서에 기반하고 있다는 혐의에서 자유롭지 않"지만 "시인이 그 모든 앎에도 불구하고 "윤리를 파탄내는 시"(「딸농사」, 240쪽)를 희망하는 이상, 『숙녀의 기분』의 여성 재현을 비판하기 위해 낡은 반영론은 물론 이미 충분히 합의된 실천적 논쟁의 역사를 다시 끄집어내기란 지극히 소모적인 일이 되는데, 게다가 윤리 파탄의 시가 외설적으로 겨냥하는 심층의 대상은 여성 자체나 어떤 윤리적 공리가 아니라 문학의 순정한 윤리를 믿는 평론가이므로 (……)".(같은 글, 340~341쪽)

19) 신나리, 「이브 코소프스키 세즈윅의 퀴어 인식론으로 한국 현대시 읽기—박상수의 『숙녀의 기분』을 중심으로」, 『여/성이론』 2017년 겨울호, 159쪽.

는 화자가 느끼는 즐거움이 여성성이 공기표임을 담지하는 퀴어한 쾌락이라고 해석한다.[20] 그러나 두 독법은 사회적인 차원에서 '숙녀'의 것으로 자타에게 내면화된 기표들이 남성의 부정항으로서 배치된 여성을 구성하는 권력을 (자연스럽게든 비판적으로든) 수용하고, 그것을 (비)의도적으로 승인하는 효과를 창출한다는 점에서 한계에 붙들린다.

특히, 시인과 화자를 분리하여 시적 주체의 퀴어한 인식론을 부조하려는 두번째 독해는 시적 주체의 행위가 남성성과 여성성 모두를 교란하거나 혼종적인 것으로 경험하는 것이 아니라 여성주의적인 실천으로 수렴하는 것으로 파악한다. 그렇다면 그때의 시적 주체는 엄밀히 말하여 퀴어한 인식론보다 페미니즘의 인식론을 더욱 강하게 체현하는 행위자다.[21] 게다가 '숙녀'의 여성성이 텅 빈 기표임을 보여주는

---

20) "나는 그가 20대 하층계급 시적 화자로서 숙녀의 기표들을 수집하고 양식화하여 과장하고 재현하는 과정을 통해, 숙녀의 기표들이 허상에 불과하며 숙녀라는 여성성 역시 허상에 불과함을 보여주는 유희를 즐기고 있다고 본다."(같은 글, 175쪽)

21) 이는 퀴어와 페미니즘이 교섭 불가능하다는 뜻이 아니다. 다만, 독자가 시인과 화자를 의도적으로 분리하여 시적 주체를 더욱 독립적으로 재구성할 때 도착하는 결과가 여성성이라는 기표를 사회적 관습과 억압으로부터 탈맥락화하는 것일 때, 그것은 시인과 화자를 분리하지 않아도 충분히 파악되는 해석이므로 '남성 시인'과 '여성 화자'가 연루되는 전통적인 젠더 질서의 위계 구도를 부러 해체하는 퀴어한 작업이 아쉽게도 귀납적으로 다소 무용하게 되

과정이 하층계급의 청년 주체성을 경유하여 파악되는 것은, 시에서 경험되는 여성 화자의 목소리가 하나의 연극적 정황이자 '굴욕 플레이'이며 동시대 한국 청년이 경험하는 세대론적 위기를 특정한 젠더로 귀속시키는 독법[22]과 의도치 않게 맞물리고 만다. 청년 세대가 맞닥뜨리는 정치·경제·계급적 위기가 여성(성)이 역사적으로 거쳐온 피해와 소외의 역사로 인격화될 때, 그것은 여성(성)을 여전히 지배자이자 가해자로서의 남성(성)의 구성적 외부로 승인하는 효과 위에서 가능하다.[23] 이때 여성(성)은 그것이 텅 빈 것이든, 사회적인 의미들로 꽉 들어찬 단단한 기호이든 상관없이 청년 세대의 비참한 지위를 환유하는 물화된 대상으로 구성되는 필연에 처한다. 그리고 그러한 연결고리는 비루한 여성(성)과 세대를 재현하는 주체를 '남성 시인'이라는 젠더화된 좌표에 고정시키는 효과를 발생시킨다. 요컨대 저간의

고 만다는 뜻이다.

22) 함돈균, 「숙녀라는 이름의 굴욕 플레이어」, 『숙녀의 기분』 해설, 문학동네, 2013.

23) "톡톡 튀는 세대론적 발화들에서 환기되는 기분에는 공히 어떤 곤경이 내재해 있다. 그리고 이 곤경은 특정한 세대의 특정한 젠더를 통해 오늘날 특정 사회계급이 처한 곤경을 어떤 방식으로든 동시에 환기한다. (……) 이 시집의 숙녀들은 '실패한 숙녀들'이다. 이들은 여성잡지의 표지를 장식하는 '보그 걸(Vogue Girl)'이 되는 것은 턱도 없고, 잡지의 우아한 독자들이자 소비자들인 '레이디'가 되는 일에조차 실패했으니 말이다."(같은 글, 109~112쪽)

논의들은 박상수의 시세계가 드러내는 여성적인(것으로 상정되고 합의된) 욕망과 기호들을 최대한 핍진하게 파악하고자 의도적으로 시인의 생물학적 성별이 남성이라는 텍스트 외적 사실의 영향을 최소화하려 했으나, 역으로 재현의 주체와 내용의 대상이라는 위계 구도를 남성과 여성이라는 현실의 이분법적 대립과 더욱 강하게 동기화시키는 국면을 낳고 말았다.

그러나 박상수의 시적 화자가 보여주는 **타자적 일인칭**은 '너'와 '그'/'그녀'로 지칭되는 타자성이 자신의 내면을 구성하는 원리라는 대전제를 채택하며, 시적 발화의 표면에서 드러나는 이인칭과 삼인칭의 세계는 일인칭의 세계와 완전히 배리되지 않고 오히려 시적 서정의 층위 안에서 일인칭의 타자적인 자기 고백으로 표출된다. 이때, '나'가 아닌 다른 주체들은 '나'의 작위적인 연극의 수행에 가담하는 '가면'들이 아니라 철저히 '나'의 내면으로부터 돋아나온 존재론적 자기-타자들이다. 독자가 '너'나 '그'/'그녀'로부터 시적 주체의 그림자와 그 영향 관계를 감지할 때, 서정의 전환—내면화된 타자성이 시적 주체의 자아를 구성하는 타자적 일인칭의 자기 정체화 기술은 비로소 발생한다. 이런 맥락 안에서 박상수의 시세계에 등장하는 여러 '여성'과 '여성적'인 것으로 느껴지는 화자의 목소리는 아이러니하게도 저간의 독법들이 거부하거나 피하고자 하던 관계, **남성 시인과 여성(적) 화자라는 구도를 적극적으로 가시화하는** 과정 안에서 가장 해방적인 차원으로 날아오른다. 시를 읽는 일은 텍스트 바깥의 시인이 지닌 최초의 의도를 해독하고 폭로하는 작업이 아니라, 텍스트 내부에서 살아가는 시적 주체들—'나'와 '너' 그리고 '그'/'그녀'들의 삶이 가장 생생하고 핍진해지는 가능 영역으로서 독해의 장을 구성해나가는 작업이다. 그러한 과정을 경유하여 텍스트의 의미 생성에 참여하는 공동 작업자로서의 독자는 '남성 시인'과 '여성 화자'에 대하여 판정하는 것이 아니라 여러 가지 가능 독해를 제안하며 추론을 더해보는 작업의 자기-타자이자 또하나의 타자적 일인칭 주체다.

116쪽, 이 글의 첫 문장을 상기하자. 『메신저 백』의 시적 주체가 통과하는 여정을 요약하자면, 말하지 못할 아픔으로 괴로워하던 이가 자신이 창안한 발화 형식을 통해 그것이 바로 '나'의 고통이라고 드디어 발설하게 되는 과정이다. 이 시집뿐만 아니라 다른 시집을 포함하여 (화장품이나 치마 등) 여성적인 것과 결부되기 쉬운 오브제나 말 건넴의 상대를 '언니'(또는 '년')로 호명하는 시편은 일인칭 시적 주체가 내면의 타자성을 이인칭의 호명 속에서 직접 대면하는 시다. 가령, 「다른 생각」("나는 네가 보낸 톡을 확인했어// 진짜 나쁜 년/ 그래도 널 사랑해"), 「다시, 파견」("그는 물 위에 앉아 있는 것 같다 뭐라도 말해보려 하지만 너는 이미 네 스커트 전체가 젖어 있다는 것을 깨닫고 무슨 말이든 듣고 싶어 준비된 철제 의자에 앉는다"), 「네가 생각하는 그런 사람」("여기서 잠자리 안경을 쓰고 네가 나를 돌아봤어 중학생한테 빌린 것 같은 치마를 입고"), 그리고 「어떤 일은 그냥 일어나기도 하지」("나는 천변을 걷다가 마지막 심정으로 전화를 걸어 언니, 여긴 사람이 많아요")가 그렇다. 이때, 저자의 젠더가 남성으로 확정되고 그가 창안하는 시적 발화의 주체가 여성으로 패싱되는 상황은 독자에게 즉물적으로 '진짜'와 '가짜'의 구별을 작동시킨다. 이 역학은 시인과 시, 그리고 시적 주체가 독자에게 요청하는 것이 아니라 텍스트를 둘러싼 모든 존재자에게 내재한 역사적이고 문화적인 억압, 동일성과 일원론에 기초한 이성애 중심주의의 사나운 유산을 방증한다. 예컨대, '여성적' 기호들을 핵심 근거로 삼아 화자의 젠더를 '여성'으로 가장 근접하게 추론하는 독해는 사회적으로 합의된 상식 내에서 가장 자연스럽지만 그만큼 가장 이성애 중심성에 부합하는 읽기이며 여성(성)을 물질적으로 고정하는 독해다.[24]

텍스트의 자기-타자적 주체로서 독자와 시적 주체, 그리고 시인이 나란히 연결될 때 텍스트 내부 주체들의 젠더와 섹슈얼리티는 시와 시인이 배타적으로 산출하는 것이 아니

---

[24] "언니라는 호칭, 다양하고 디테일한 뷰티 제품들, 남성과의 성적 관계 혹은 그들의 성적 폭력 등이 드러난다는 점에서 이 시편들 속 목소리의 주인공은 여성의 성별을 지녔을 것이라 추측된다."(조대한, 「일상의 아름다움과 단짠단짠 레시피」, 『오늘 같이 있어』 해설, 문학동네, 2018, 113쪽)

라 독자의 읽기 수행이 기여하는 공동의 구성물이다. 이때, 여러 논의들이 '여성'의 목소리로 추측하는 시적 발화와 오브제들이 반드시 여성의 것으로만 확정되지 않는 가능성의 공간이 열리고, '남성 시인'이라는 좌표, 그리고 시적 주체의 남성성을 넘어서는 **남성의 여성성**이라는 퀴어한 역동이 발견된다. 텍스트가 생성하는 퀴어성에 대해 접근하기 전에 먼저, 박상수의 시적 주체가 구사하는 여성적 기표들과 목소리가 과연 '여성적'인가 하는 비판적인 물음이 제기될 수 있는데, 이는 그것을 재현하는 내포 작가(implied poet)의 서술 방식이 여성적인 인식을 보이는가 하는 질문으로 구체화된다. 그러나 '이것이 과연 여성적인가, 여성적이지 않은가?' 하는 물음은 '여성적'인 것과 '비-여성적'인 것의 대립을 추가적으로 생산하고 나아가 '여성적인' 것을 이내 '여성주의적인' 것으로 연동시키며, 종국에는 남성과 여성의 익숙한 이항 대립을 재소환한다. 그러므로 박상수의 시 세계를 읽을 때 행해지는 텍스트 내외부의 젠더 재배치 작업은 '남성 시인의 재현이 과연 여성적일 수 있는가?'와 같은 물음으로 윤리성을 판가름하는 일이 아니라 재현 주체의 남성성과 대상의 여성성이 나란히 배치될 때 발생하는 미지의 효과를 탐색하는 일이어야 한다. 텍스트의 여성성과 재현 방식의 여성성에 관한 판단은 그 이후에 자연스럽게 도착할 것이다.

먼저, '언니'라는 이인칭을 호명하는 목소리의 주체는 반

드시 이성애자 여성이지만은 않고 게이 남성으로 파악될 수
도 있다. 기존 논의들이 말하듯 시에서 파악되는 여성적 기
표들이 다소 과장된 것으로 드러날 때[25] 그것은 실제 여성에
대한 모방의 완전성을 추구하는 행위라기보다 주체의 행위
를 캠프적 미학 안에 재배치하는 수행에 가깝다. 만약, 재현
의 주체가 자신을 일상 안에서 자연스럽게 시스젠더 여성으
로 내면화하고 있다면 그는 부러 과하게 외적 기표를 전시
할 필요나 욕망과 무관할 것이다. 그러나 박상수의 시적 주
체가 전형적인 캠프적 주체라고 말하기에는 무리가 있는데,
왜냐하면 캠프적 주체가 집중하는 것은 내면이 아니라 외양
의 스타일 자체, 그로부터 기인하는 장식적 미감을 형성하
는 것이기 때문이다. 캠프적 주체가 자행하는 위악과 냉소,
자기 비하는 세계와의 불화를 선언하는 과잉된 리비도의 표
면적 재현이다.[26]

　이와는 독립적으로, 첫번째 시집에서부터[27] 지금까지 여성
성을 일관된 방식으로 꾸준히 재현하고 있는 박상수의 시적
주체에게 캠프의 욕망은 분명 퀴어적이다. 그리고 그 퀴어

---

25) "박상수는 기꺼이 트라베스티(travesti)의 역할을 자임한다."(윤
경희, 「순정과 외설」, 340쪽)

26) 전승민, 「가장 음험한 가장―코드의 언어 경제로 보는 시와 소
설 그리고 비평의 매트릭스」, 『퀴어 (포)에티카』, 문학동네, 2024,
239쪽.

27) 「즐거운가 소년이여?」, 『후르츠 캔디 버스』, 문학동네, 2020.

함은 자신이 지배와 피지배, 가해와 피해의 이분법적 구도가 만든 경계선의 정중앙에 끼어 있다는 사실의 엄연한 자각과 비판적 성찰로부터 기인하는 윤리적인 가치다. 남성성(들)은 여성성과 마찬가지로 젠더 질서 내부에서 구성되는 특정한 위치(들)이자 실천의 패턴으로 사회적 관계의 구조물이다.[28] 따라서 여성 주체가 남성적 지위를 점유하고 남성성을 실천할 수 있듯, 남성 주체 또한 여성의 지위를 점유하거나 여성성을 실천할 수 있다. 남성성의 내부에서 어떤 양태의 남성성—헤게모니적 남성성—은 특정한 사회에서 '진짜 남자'의 남성상으로 우대받고 이상화되는데, '공모적 남성성'은 그것의 옆자리에 놓인 남성성으로 헤게모니적 남성성의 규범에 완전히 부합하지 않지만 소극적으로 순응하는 남성성, 지배 질서에 적극 도전하지 않는 방식으로 가부장제의 배당 이익을 향유하는 남성성이다. 말하자면, 공모적 남성성은 헤게모니의 패권을 쥐지 않더라도 그 질서의 공모자가 되기를 거부하지 않음으로써 그것과 같은 이익을 상당하게

---

28) 이 글에서 다루는 젠더/섹슈얼리티, 남성성/여성성에 관한 논의는 코널의 남성성(들) 개념에 기대고 있다. 코널은 여성성이 그러하듯 단 하나의 보편적 남성성이란 없으며, 오직 남성성'들'로 논의될 수 있다고 말하며 결국, 남성성이란 서로 다른 남성성들이 경쟁하고 협상하는 역동적인 하나의 장 그 자체로 이해될 수 있다고 말한다. R. W. Connell, *Masculinities*, 2nd ed, University of California Press, 2005.

누릴 수 있다.[29] 이때, 공모적 남성성에 가까이 위치하는 시인의 남성성은 헤게모니적 남성성에 정면으로 도전할 수 있는 여성(성)의 세계 안에서, '끼인' 젠더로서 경험해온 양가적인 정동의 복합성을 가장 자유롭게 발화할 수도 있을 것이다. 박상수의 시에서 '남성 시인'이라는 정체성이 텍스트 내부로 들어설 때 생성되는 자기 연민에 가까운 슬픔과 비관, 처절함은 여성(성)의 기호들과 결합함으로써 공모적 남성성이 시도하는 피해와 가해 구도를 복합적으로 재현하는 퀴어적 전략으로 나타난다.

그가 『메신저 백』을 포함한 시세계 전체에서 일관되게 제기하는 문제는 피해와 가해의 구도를 기반으로 하는 부조리함과 부당함의 폭력이고, 이 맥락을 재현하기 위해 그의 타자적 일인칭은 여성(성)의 기호들을 호출한다. 이 지점에서 독자는 그 여성(성)의 목소리를 재현하는 권력이 남성인 시인에게서 비롯한다는 메타적인 사실을 강력하게 환기당하는데, 이것이 과연 윤리적인 것으로 승인될 수 있는지를 검토하는 독자의 내면에서는 재현된 여성적인 목소리가

---

29) 일상적 사례로, 공적이거나 사적인 자리에서 젠더 불평등에 대해 비판적으로 발언하거나 페미니즘의 가치 지향에 동의하더라도 실제로는 그러한 질서의 위계 구도를 바꾸기 위해 적극적으로 행동하지 않음으로써 결과적으로 여성에 대한 지배 구조에 공모하게 되는 끼인 남성(성)을 들 수 있다. 이는 아마 우리가 일상에서 가장 많이 관찰할 수 있는 남성성의 '평범한' 양태일 것이다.

남성 서술자의 언어 안에서 얼마나 왜곡되는지, 혹은 반대로 남성 서술자에게 내면화된 폭로의 규범과 가치들을 비판적인 반성성 속에서 메타적으로 폭로할 수 있는지 등을 질문하는 작업이 행해진다. 독자가 그의 시에서 남성성과 여성성의 이중 음성을 들으며 난처해지는 것은 시의 내적 한계가 아니라 시가 독자라는 자기-타자를 통해 텍스트로서 자신의 몸이 찢기는 일을 자처하는 해체적 경험을 공유하는, 가히 문학사적이라 말할 수 있는 치명적인 사건이자 공동의 전회이다.

앞서 말한 전형적인 캠프적 주체와는 달리, 박상수의 시적 주체가 이인칭의 자기-타자와 맺는 관계 속에서 드러내는 여성성은 표면의 과잉이 아니라 내면으로의 굴착을 수행한다. 박상수 시의 퀴어함을 읽는 독법은 앞서 읽어온 타자적 일인칭을 구심점으로 삼는 독법과 같은 메커니즘 안에 있다. 여성성을 부각하는 발화는 이인칭 시점과 더불어 구어체의 다소 비속한 표현30)들과 종종 결부되며 '너'와의 거리를 좁히거나 멀게 하는 진자 운동 속에서 독자를 수치심과 폭력의 내부로 연루시킨다. 타자적 일인칭의 자유간접화법은 시적 서술의 주체가 대상으로부터 다소 자유로운 거리

---

30) "진짜 나쁜 년/ 그래도 널 사랑해"(「다른 생각」), "언니는 오 분마다 나를 몰아댔지 땜빵 어시한테 너무 시킨다 언니?"(「호러 2—클럽 하우스 레스토랑」, 『오늘 같이 있어』).

조절을 가능하게 하지만, 한편으로 독자는 시적 주체와 시
인의 가상적인 연장선에서 '너'를 발견함으로써 '너'와의 거
리 조절에 어려움을 겪는다. 이에 따라 독자는 가해자와 동
료, 또는 목격자의 위치를 오가며 자신이 어디에 속하는지
스스로 규정해보는 좌표의 조정을 자연스럽게 경험하게 되
는데 이것이 바로 박상수의 시 독자가 텍스트의 내부로 들
어서며 부여받는 윤리적 과정이 된다. 시적 주체가 자기 내
부의 타자성을 이인칭으로 호명할 때, 그러한 호명에 응답
하는 독자의 권리와 그 수행은 시적 주체의 내면에 자리한
타자성, 즉 여성적 자질에 근사하는 영역 안에서 비교적 자
유롭게 발휘되는 타자성은 독자에 의해 비로소 시적 주체
가 지닌 내면의 일부로 거듭난다. 이것이 박상수의 시적 주
체가 일관되게 꿈꿔온 욕망이며 "너는 한 번도 있는 그대로
너의 모습으로 받아들여진 적이 없"(「메신저 백」)다는 슬
픈 실존의 한계는 '너'가 호출하는 독자에 의해 드디어 수
용된다. 시적 주체의 욕망은 자신의 한계를 누군가가 타파
해주길 바라는 것이 아니라 그의 한계 자체를 수용받는 일
에 있다.

언제부터인가 너는 너를 모니카라고 불렀지, 모니카 당
신은 거대한 둘레를 가졌어요, 모니카 당신은 당신이 겪
은 감정보다 둘레가 더 큰 나무랍니다, 모니카는 이 문장
을 검토한다 이 문장은 왜 나를 설득하지 못할까, 제발 제

가 뭘 잘못했는지 알려주세요 모니카는 다시 다음 문장을
여러 번 검토한다 하지만 수목원에 대고 할 수 있는 말이
아니라는 것을 안다 어디에 할 수 있는지 알지 못한다면

　내 무지는 어디까지 나의 책임인가 고개를 흔들며 모
니카, 모니카, 두 번 부르면 지난 일이 남의 일 같다 아무
리 상상해도 모니카는 수목원에 어울리지 않는 이름, 왜
나는 모니카인가 모니카는 어디서 온 이름인가, 믿는다
는 것 내가 만든 인과 안에서 스스로를 다치지 않게 하려
고 나 자신을 속여가는 일, 이제 붉은목지빠귀는 거의 끝
나간다고 생각하며 말하는 것 같다 우리는 당신의 미래를
응원합니다 얼굴을 보지는 못했지만 자유롭게 마음껏 날
아가시오

　모니카는 날개가 없지만 모든 믿음을 버리고 훌훌 털고
일어나 생긋 웃었습니다.
—「자유로운 삶—비대면」 부분

제목은 '자유로운 삶'이지만 이 시는 반어를 통해 '나'가
말하는 자유가 실상 강력한 부자유임을 처연하게 드러낸다.
반어는 그것을 사용하는 서술 주체의 태도와 어조에 따라
세계를 공격하거나 그것의 폭력성을 고발하는 대항적 발화
가 되는데, 위 시의 화자가 사용하는 반어는 둘 중 어디에도

부합하지 않으며 시는 주체의 내면을 잠식한 슬픔과 좌절을 표현하는 일에 집중하고 있다. 시의 나머지 부분에서 '모니카'가 경험하는 부조리한 사건이 암시되는데("그건 원래 그런 것입니다 우리는 다 지급했어요, 라고 듣는다 모니카는 조심스레 한번 더 간청한다 세월이 우리에게 남긴, 아직 못 버린 믿음과 함께, 제가 나무 밑까지 가겠습니다만, 대면이 어려울까요?") 이를 시집의 다른 시편들(예컨대, 「트랙 B」 연작시)에서도 발견되는 문제 상황들과 종합해보건대 관료제 내부에서 불문율로 작용하는 부당한 폭력의 사건으로 보인다. 부조리의 상황 속에서 타자를 움직이려 하기보다 자신의 최선을 어떻게든 갱신해보려는 절박함을 가진, 이 모든 일이 "내가 만든 인과 안에서 스스로를 다치지 않게 하려고 나 자신을 속여가는 일"에서 비롯했음을 조용히 자책하기를 새로운 최선으로 받아들이려 애쓰는 시적 주체는 분명 자유롭지 않다.

세계의 폭력을 노출시키면서도 그것을 비난하거나 공격하지 않고 권력과 취약성을 정직하게 배치하는 재현의 무의식에는 자신 또한 그 세계의 공모자로 공존한다는 뼈아픈 사실의 납득이 자리한다. 언뜻 자책처럼 보이는 언술들은 그러므로 치기 어린 자기 비하가 아니며, 이러한 맥락 안에서 타자적 일인칭 '나'의 분신인 '모니카'는 전혀 연극적이지 않다. 이것은 시적 주체와 너머의 시인이 자신의 사회적인 남성성을 폐기하고 그것의 대리물로 여성(성)을 사용

하는 것이 결코 아니다.[31] 사회적 폭력과 개인의 윤리가 복합
적으로 교차하는 지점이 박상수의 시가 구사하는 여성(성)
인 것은 맞지만 그 폭력을 견인하기 위해 "시인이 그 자신
의 말을 비틀고 낮추어 'B급'이 되려는 고육지책"[32]을 행한다
는 분석은 타당하지 않다. 박상수는 작품의 저자로서 '부러'
겸손한 자세를 취하며 타자성을 도구화하지 않는다. 우리
가 그의 타자적 일인칭을 통해 발견하는 것은 고의적인 자
기 비하를 하지 않고 또한 그것을 욕망하지도 않는 자기-타
자로서 시인과 시적 주체, 그리고 독자가 대등하게 연결되
는 새로운 정동적 배치이기 때문이다. 벌랜트의 『잔인한 낙
관』은 그에 대하여 우리가 도모할 수 있는 대항으로서의 실
천이 그러한 애착 구조를 단번에 폐기하는 것이 아니라 애

---

31) 그러므로 "박상수는 수치스러운 가짜 여성의 역할을 떠맡는
다"(윤경희, 「순정과 외설」, 341쪽)라는 말에 동의하기 어렵다. 다
만 인용된 문장의 전반부를 구성하는 "분열을 타개하고 경애의 대
상에 순정을 지키기 위해"라는 말은 긍정될 수 있다. 시적 주체가
채택하는 전략 안에서 호명되는 타자적 일인칭 내부의 여성(성)은
세계를 향한 그의 사랑을 어떻게든 지켜내고자 하는 주체의 최선이
반영된 자기 내부의 타자성이기 때문이다.

32) 함돈균, 「숙녀라는 이름의 굴욕 플레이어」, 120쪽. "이런 세계
에서 희극적 언설은 말 자체의 몰락과 가치 추락의 수모를 자진해서
감당하는 방식으로 삶의 이율배반과 실패를 연기하고 폭로한다. 이
희극적 언설은 스스로 희극적 세계의 실상을 연기하는 피에로가 됨
으로써 서정의 진정성과 서사적 진리가 해체된 세계에서 '시적인'
말의 또다른 존재 형식을 감내할 수밖에 없다."(같은 쪽)

착의 관계망을 수직적인 것으로부터 수평적(lateral)인 것으로 재배치하는 일이라고 말한다.[33] 수직에서 수평으로 재조직된 정동과 관계 구조는 거대 단위의 서사적 전환이 아니라 미니멀한 차원에 가까운 미시적 단위로 파악되는데, 이러한 재배치는 신자유주의 시대의 폭력이 다각도로 실천되는 주체의 자기애적인 겸손이 아니라 오히려 시대에 저항하는 야심을 실행하는 방식이다. 이와 더불어, 박상수의 타자적 일인칭이 여성(성)을 자신의 내면을 구성하는 한 부분으로 꺼내는 까닭은 여성 젠더를 은유나 상징으로 치환하여 도구적으로 사용하는 것이 아니라("나는 모든 것을 상징으로 보려는 생각을 지우려 한다 더이상 속지 않을 것이라고 생각하며 아이스크림을 먹는다", 「창백한 푸른 점」) 오히려

---

33) 벌랜트는 '정치(politics)'와 '정치적인 것(the political)'을 구분하며 '잔인한 낙관'을 타개하는 실천이 반드시 전통적인 의미의 대의정치나 영웅적 주체, 또는 거대한 혁명적 사건으로 드러나는 것은 아니라고 말한다. Ngai는 벌랜트가 말하는 그러한 구분에 주목하며 미시적이고 느린 정동의 정치성을 긍정하고 이를 '수평적인 행위성(lateral agency)'으로 의미화한다. 이는 세계의 단위에서 발생하는 거대 서사적 전환이 아니라 사람들 사이의 '작은' 연결과 공존, 협업의 방식을 통해 다른 공동 감각을 모색하는 행위성이다. 이는 하나의 완결된 대안적 시스템으로 작동하는 것이 아니라 기존의 잔인한 낙관을 유예시켜 다른 욕망들과의 관계를 시험하는 임시성의 실천이다. Sianne Ngai, "On Cruel Optimism.", *Social Text*, 2013. 1. 15, https://socialtextjournal.org/periscope_article/on-cruel-optimism/.

그러한 재현 방식이야말로 시적 주체를 거듭 기만해온 남성
성의 폭력임을 각성하며, 자신을 포함하여 '좋은 삶'의 '정
상성'을 욕망하는 '작은' 사람들을 함부로 경멸하지 않길 바
라기 때문이다.[34] 요컨대 순정함이나 다정함, 부드러움 등의
단편적인 차원에서 읽혀온 박상수 시의 여성(성)은 주체가
사랑의 잔인함을 경험하고도 그를 곧장 부정적으로 페티시
화하거나 억압적인 것들로 몰아세우지 않고, 비-경멸과 비
판 사이의 윤리적인 정치성으로 전환해낸 것으로 해석되어
야 마땅하다.("모니카 당신은 당신이 겪은 감정보다 둘레
가 더 큰 나무랍니다", 「자유로운 삶—비대면」) 그렇다면
그의 시가 여성적인 것들을 기표로써 소비해온 것이 아니
라 자기-타자로 정립된 주체의 내면 안에서 여성(성)을 동
시대의 새로운 정치적 역량으로 기호화해야 했다고 말해야
옳다. 『메신저 백』이 그간의 시집들과 두드러지게 대별되는
부분은 바로 이 지점이다.

*

박상수의 시를 경유하여 살펴본 남성 시인의 여성(성) 빌

---

34) Ngai, Sianne, 같은 글. "Declining to 'turn the objects of cru-
el optimism into bad and oppressive things' while also managing
to maintain a space between non-contempt and her endorsement
of these objects (……)".

리기 전략은 이제, 지금의 한국시 독자들에게 어떻게 다가
서는가? 타자적 일인칭 안에서 나란하게 놓이는 화자와 시
적 주체, 시인과 독자는 분명 저간의 논의들이 박상수의 시
를 읽으며 의도적으로 분리했던 것처럼 완전히 일치하지는
않지만 그렇다고 온전히 유리시킬 수도 없는 구도 안에서
상호 얽힘을 통해 공동의 관계 안으로 배치된다. 그러니 우
리는 그의 시를 두고 남성 시인이 단지 연극적으로 캠프적
인 기술을 선보였다는 해석이나, 세계의 폭력을 폭로하기
위해 대상화된 타자로서 여성(성)을 사용했다는 혐의로부
터 기꺼이 물러서야 한다.

　만약, 당신이 시인의 남성성과 시적 주체의 여성성이 합
쳐진 이중 음성을 단일 채널로 환원하려 한다면 그것은 독
자가 텍스트에 대한 응답으로서 행위하는 하나의 폭력일 것
이다. 그러나 박상수의 시가 우리에게 규범적 남성성이 자
행해온 폭력적 세계 그 자체를 열어 보일 때, 그리고 그 가해
와 피해, 남성과 여성의 이분법적 구도의 경계에 끼인 존재
자로서 시적 주체가 자신의 아픔을 고통으로 호명하고, 내
부의 타자성을 재발견함으로써 자기 구원을 행하는 시라는
사실을 읽어낼 때, 우리는 남성 시인의 작품에 틈입한 여성
성의 출현을 동시대의 위기를 타개하는 **퀴어한 메타적 반성성**
으로 몸소 경험한다. 이제, 박상수의 시를 통해 우리는 동시
대의 문학 읽기가 초점화하는 텍스트의 윤리성이 재현의 권
력을 배타적으로 소유해오던 시인과 저자, 시적 주체로부터

놓여나 독자의 손안으로 들어서는 것을 목격한다. 그의 시 세계 안에서 텍스트로서의 문학은 '저자'가 일방적으로 '창조'하는 결과가 아니라 공동 작업자로서 독자의 읽기가 상호적으로 기입되는 살아 있는 물질임을, 그것이 지닌 젠더/섹슈얼리티와 퀴어함 또한 복수의 자기-타자들과 함께 모색할 수 있는 회로적 구성물임을 선포한다.

박상수 서울에서 태어나 명지대학교 문예창작학과를 졸업하고 같은 대학원에서 문학박사학위를 받았다. 2000년 『동서문학』에 시, 2004년 『현대문학』에 평론이 당선되어 등단했다. 시집으로 『후르츠 캔디 버스』 『숙녀의 기분』 『오늘 같이 있어』 『너를 혼잣말로 두지 않을게』, 평론집으로 『귀족 예절론』 『너의 수만 가지 아름다운 이름을 불러줄게』가 있다. 현대문학상, 김종삼시문학상, 젊은평론가상을 수상했다. 『현대문학』 편집 자문위원으로 활동중이며 명지대학교 문예창작학과에서 학생들과 함께 시를 읽고 쓰고 공부하고 있다.

문학동네시인선 248
메신저 백
ⓒ 박상수 2026

1판 1쇄 2026년 3월 25일
1판 2쇄 2026년 4월 10일

지은이 | 박상수
책임편집 | 김봉곤
편집 | 최예림 김수현
디자인 | 수류산방(樹流山房) 본문 디자인 | 최미영
저작권 | 박지영 형소진 주은수 오서영 조경은
마케팅 | 정민호 서지화 박치우 한민아 왕지경 이민경 정유진 정경주 김예진
        김혜원 이서진
브랜딩 | 함유지 이송이 박민재 김하연 신은서 이준희
미디어콘텐츠 | 함근아 김은솔 박다솔
제작 | 강신은 김동욱 이순호
제작처 | 영신사

펴낸곳 | (주)문학동네
펴낸이 | 김소영
출판등록 | 1993년 10월 22일 제2003-000045호
주소 | 10881 경기도 파주시 회동길 210
전자우편 | editor@munhak.com
대표전화 | 031) 955-8888 팩스 | 031) 955-8855
문학동네카페 | http://cafe.naver.com/mhdn
인스타그램 | @munhakdongne 트위터 | @munhakdongne
북클럽문학동네 | http://bookclubmunhak.com

ISBN 979-11-416-0296-3 03810

www.munhak.com

문학동네